Não há mais Sapatilhas de Balé na Síria

CATHERINE BRUTON

Não há mais Sapatilhas de Balé na Síria

Tradução
Beatriz S. S. Cunha

Principis

Esta é uma publicação Principis, selo exclusivo da Ciranda Cultural
© 2024 Ciranda Cultural Editora e Distribuidora Ltda.

A tradução da obra *Não há mais sapatilhas de balé na Síria* foi realizada em acordo com a Nosy Crow Ltd.

Traduzido do original em inglês
No Ballet Shoes in Syria

Texto
Catherine Bruton

Editora
Michele de Souza Barbosa

Tradução
Beatriz S. S. Cunha

Preparação
Walter Sagardoy

Produção editorial
Ciranda Cultural

Diagramação
Linea Editora

Revisão
Fernanda R. Braga Simon

Design de capa
Ana Dobón

Ilustrações
Kathrin Honesta

Dados Internacionais de Catalogação na Publicação (CIP) de acordo com ISBD

B913n	Bruton, Catherine.
	Não há mais sapatilhas de balé na Síria / Catherine Bruton ; traduzido por Beatriz S. S. Cunha. - Jandira, SP : Principis, 2024.
	192 p. : 15,50cm x 22,60cm.
	Título original: No Ballet Shoes in Syria
	ISBN: 978-65-5097-125-0
	1. Literatura inglesa. 2. Romance. 3. Esperança. 4. Guerra. 5. Violência. 6. Dança. 7. Arte. I. Cunha, Beatriz S. S. II. Título.
	CDD 823
2023-1687	CDU 821.111-31

Elaborado por Lucio Feitosa - CRB-8/8803

Índice para catálogo sistemático:
1. Literatura inglesa : Romance 823
2. Literatura inglesa : Romance 821.111-31

1ª edição em 2024
www.cirandacultural.com.br
Todos os direitos reservados.
Nenhuma parte desta publicação pode ser reproduzida, arquivada em sistema de busca ou transmitida por qualquer meio, seja ele eletrônico, fotocópia, gravação ou outros, sem prévia autorização do detentor dos direitos, e não pode circular encadernada ou encapada de maneira distinta daquela em que foi publicada, ou sem que as mesmas condições sejam impostas aos compradores subsequentes.

Para Evie
E para os 11,5 milhões de crianças refugiadas em todo o mundo que foram forçadas a abandonar as suas casas e agora estão em busca de um lugar seguro.

C.B.

1

Aya podia ouvir a música atravessando as paredes, acompanhada de uma voz feminina que dizia:

– Um, dois... *port de bras*[1]... Ergam bem os braços, meninas... Três, quatro... mais retos. Isso! Cinco, seis, estiquem mais...

As notas do piano pareciam fluir pelos membros de Aya, fazendo as pontas de seus dedos se mover involuntariamente junto à melodia que tilintava no ar abafado.

De repente, a música parou. Aya mexeu os dedos dos pés e olhou ao redor. O centro comunitário estava lotado – uma mistura caótica de pessoas conversando em vários idiomas diferentes. O sol espalhava calor através das janelas empoeiradas, e no lugar predominava o cheiro de sopa e roupa suja. "E tristeza", pensou Aya. Ela suspirou e se remexeu na cadeira.

A música começou outra vez, e Aya olhou para cima. As notas do piano vinham de algum lugar próximo. Talvez do andar superior? Se ela fechasse bem os olhos e se concentrasse bastante, quase – quase – conseguia se imaginar em casa, no estúdio de dança em Alepo, com o calor da agitação percorrendo seu corpo, o sol escaldante entrando pela claraboia

---

[1] Movimento de transição suave dos braços para posições básicas no balé clássico.

e os aromas da cidade atravessando as janelas: a poeira das ruas, a fumaça dos carros, os incensos. Ela sorriu ao se lembrar da época em que se posicionava na barra e deslizava a ponta do pé para executar uma série de *rond de jambés*[2]; lembrou-se também da poeira que às vezes cobria o chão e deixava madame Belova furiosa.

Qualquer um que olhasse para Aya naquele momento veria uma garotinha – que parecia ter muito menos do que seus onze anos – segurando uma criança adormecida nos braços. Ela estava com os olhos fechados, e uma expressão curiosa dançava pelo seu rosto enquanto o pezinho traçava círculos no assoalho sujo. Um lenço cobria os cabelos escuros da menina, e as roupas que ela usava eram grandes demais para o seu tamanho: calças muito largas para pernas tão finas e um velho vestido de tecido elástico, que talvez tivesse pertencido à sua mãe, balançando em seu corpo minúsculo. No entanto, havia algo na maneira como ela se sentava – talvez a forma delicada e ágil como inclinava o fino e pálido rosto – que a fazia parecer alheia àquele lugar, vinda de outro canto.

Os sons da música pararam mais uma vez, e Aya se contorceu na dura cadeira de plástico. Ela estava com fome, e Moosa pesava em seus braços. Aquela música a deixava nervosa e inquieta, despertava nela sentimentos impossíveis de descrever. Ela balançou a cabeça, buscando determinação, e endireitou-se; precisava estar focada hoje. Precisava ajudar a mãe.

– Quanto tempo você acha que vai demorar? – ela perguntou para a mulher ao seu lado, que apenas deu de ombros. Aya não tinha certeza se ela sequer entendera a pergunta.

A menina olhou ao redor novamente. Eles estavam esperando há três horas para falar com o assistente social: um jovem barbudo de olhos cansados, sentado atrás de uma mesa improvisada, com papéis e fichários empilhados à sua volta. Ocupava-se naquele momento de uma conversa com o senhor e senhora Massoud, o casal de idosos do albergue que, segundo haviam contado a Aya, tinham vindo de Damasco. Aya ouviu as palavras: "Pedido de asilo... advogados... sem documentos... audiência".

---

[2] Movimento circular da perna de ação, enquanto a perna de base permanece completamente imóvel.

– A mesma velha história – ela murmurou para Moosa. – Não é, Moos? É toda vez assim, não importa aonde vamos. – Moosa se mexeu, ainda dormindo, e emitiu uns sons engraçados de sucção que fizeram Aya querer apertá-lo com força. – Está parecendo um coelhinho, Moos! – sussurrou, dando um beijo no rosto sujo e manchado de lágrimas do irmão. Os cabelos do menino estavam úmidos de suor, seus dedos apertavam com força o polegar de Aya. Ela se lembrou da primeira vez que o pegara no colo, do imenso amor que sentira naquele momento e do desejo que passara a fazer parte dela desde então: o de jamais deixar que algo acontecesse a ele. Jamais. – Não se preocupe, Moosie! – disse baixinho perto das faces úmidas do menino. – Aya está aqui. Aya vai resolver tudo. Prometo.

A mãe estava sentada ao lado dela; parecia cansada e distante.

– Não vai demorar muito mais, mamãe – disse Aya, mas ela não respondeu, apenas continuou olhando para as janelas empoeiradas, como se conseguisse ver através delas algo que Aya não enxergava. – Você está bem, mamãe? – perguntou a menina. – Está com fome? Posso pegar um pouco de comida para você? Hoje tem sopa.

Mas a mãe continuou em silêncio.

Nesse momento a porta do centro comunitário se abriu, e a música tomou a sala, agora em alto e bom som. Uma peça mais rápida estava tocando, e Aya percebeu seus dedos dos pés batendo no chão. "Um, dois, três... Aperta, dois, três... Para a barra, dois, três... e foto! Liiindo, meninas!"

Aya prendeu a respiração por um segundo.

– Foto! – ela murmurou, para si mesma e para Moosa.

Madame Belova também gostava de dizer isso. "Foto!" Significava que elas deviam ficar imóveis por um instante, fazer uma pausa, segurando a música e esperando o tempo dela. Era como se as notas e a bailarina ficassem suspensas no tempo, pairando no ar, apenas por um segundo.

De repente, Aya se sentiu agoniada e não pôde ficar parada nem mais um minuto. Ela olhou para a fila de pessoas adiante e concluiu que demoraria muito até chegar a vez de sua família ser atendida. Dava tempo de sair – só por um instante – para dar uma olhadinha.

– Mamãe, estou saindo, mas não demoro. Prometo que volto para ajudar. Trago para você um pouco de sopa e pão também. Precisa comer, está bem? – A mãe se virou e assentiu, mas não parecia ter ouvido direito o que a menina havia dito.

"Vou garantir que ela coma direito hoje", disse Aya para si mesma, "e vou esfregar as têmporas dela como o pai fazia quando ela tinha uma daquelas dores de cabeça. Também vou falar com o assistente social e resolver tudo, assim mamãe poderá relaxar um pouco e melhorar; voltar a ser ela mesma", pensou a garota.

Aya cuidadosamente abriu os dedos do irmão mais novo para se desvencilhar dele e o deitou no carrinho surrado que Sally – a simpática e jovem voluntária que administrava o centro comunitário – havia arranjado para eles. Então a menina se levantou e deu um giro no mesmo lugar, o que, só por um instante, fez o velho senhor Abdul, sentado em frente, pensar em uma delicada folha de outono caindo de uma árvore, carregada pelo ar.

Aya, por sua vez, não percebeu que se parecia com uma folha enquanto caminhava até a porta. Ela só precisava se livrar da sensação inquietante que a música causava em seu corpo; do contrário, era capaz de explodir!

2

Foi um alívio sair dali, afastar-se do cheiro de roupas velhas, de vegetais cozidos e daquele outro que Aya concluíra ser de tristeza. Antigamente ela diria que tristeza não tem cheiro; agora ele era mais familiar do que os efêmeros aromas que a faziam lembrar-se de casa. Era pior do que o cheiro terrível das fraldas de Moosa, pior do que as meias fedorentas do Pai, pior do que o vestiário dos meninos na escola, embora, há um ano, ela achasse ser impossível existir um fedor mais pavoroso que aquele!

Aya esticou os braços acima da cabeça e olhou ao redor do saguão. O *Manchester Welcomes Refugees*[3] ficava num centro comunitário em uma área abandonada da cidade, onde alpendres de tijolos vermelhos em ruínas encolhiam-se à sombra de edifícios moribundos que caíam aos pedaços. Era tudo muito diferente das ruas arborizadas e das avenidas ensolaradas de Alepo – antes da guerra, é claro.

Havia cartazes no quadro de avisos anunciando todas as outras coisas que estavam acontecendo na cidade. Aya passou os olhos pelas palavras confusas: "Clube de Dança Latina e de Salão – Aberto a todas as idades", "Sociedade de Hor-ti-cul-tu-ra" (ela pronunciou cada sílaba lentamente),

---
[3] "Manchester recebe os refugiados".

"Zumba Gold" (o que era zumba, afinal?), "Pilates para *Mindfulness*" (ela também não fazia ideia do que isso significava!).

Aya se lembrou de estar sentada à mesa da cozinha com o pai lhe ensinando inglês, rindo das sílabas que tinham um som esquisito. Ela ainda conseguia ver o rosto sorridente dele, os olhos escuros e amendoados, o toque grisalho na barba por fazer, a pequena cicatriz na face, de quando teve catapora quando criança. A menina afastou o pensamento rapidamente. Não podia pensar no pai. Não se quisesse manter tudo sob controle.

A música era muito mais audível ali, e Aya podia ouvir com clareza a voz da mulher, que tinha um leve sotaque estrangeiro.

– Meninas, somos cisnes no lago ou patinhos feios? Quero ver graciosidade, quero ver elegância. PERRR-FEI-TO!

A música, a voz, o som suave dos pés se movendo no ritmo pareciam despertar algo dentro de Aya, como se desatasse os nós de um pacote amarrado com força, liberando memórias que ela havia enterrado bem fundo na alma.

– Braços, meninas, braços… e deeeedos! Sintam a música em cada tendão, até a ponta dos dedos mindinhos!

Aya não pôde evitar. Ela só queria dar uma olhadinha.

A menina aproximou-se da escada e subiu até o pequeno saguão do andar de cima. Havia bancos por toda parte, cobertos por uma porção de bolsas, casacos e peças de roupa. Uma porta parecia levar a um pequeno escritório, outra dava em uma escada de incêndio, depois havia um par de portas brancas com janelinhas no topo, de onde vinha a música. Aya hesitou. Fazia tanto tempo que ela não dançava… parecia ter acontecido em outra vida, quase.

Ela ficou na ponta dos pés e conseguiu enxergar um estúdio de dança muito antigo, com espelhos ao longo de uma parede inteira e uma barra estendendo-se por todo o entorno. Um grupo de meninas estava alinhado; elas usavam *collant* preto, meias finas cor-de-rosa e sapatilhas de cetim. Todas elas tinham os cabelos presos em um coque, embora algumas estivessem mais arrumadas que outras (foi o que Aya percebeu enquanto observava suas pernas e braços se movendo no ritmo da música).

– Mantenham-se retas como um palito de chocolate, meninas... E sem ficar balançando na hora de fechar! – a professora dizia. – Agora todas vocês podem tirar as mãos da barra, exceto a senhorita Dotty, que parece estar bêbada hoje, pelo que vejo.

Aya observou que a menina na frente da fila – sua pele tinha cor de chocolate derretido; ela exibia um coque torto na cabeça e um brilho maquiavélico nos olhos – começou a cambalear ainda mais. A garota (que devia ser a tal de Dotty) colocou a mão na barra para se equilibrar, mordendo o lábio como se tentasse parar de rir.

– Agora, apeeeeertem bem o bumbum e alonguem bastante o pescoço, como se fossem girafas... – dizia a professora, andando pela fileira de meninas. – Muito bom, Ciara! – disse a uma bailarina loira e esbelta, cujos membros eram como galhos cobertos de neve. – Você não está em uma gangorra, Lilli-Ella – para uma garotinha de cabelos castanho-claros. – Tente não deixar o avaliador enjoado, Grace – para uma garota alta, com ombros caídos e óculos apoiados no nariz.

Não havia areia no chão, e o céu do lado de fora das janelas era de um azul inglês, não de um dourado sírio, mas fora isso Aya podia jurar que estava em Alepo. Outra vez em casa; antes da guerra, antes de... tudo. Poderiam ter sido suas próprias colegas de classe alinhadas diante da barra: Samia, Kimi, e Nadiya e Nooda – as gêmeas que sempre faziam tudo (tudo!) juntas, até mesmo ir ao banheiro.

"O que terá acontecido com as gêmeas?", ela pensou.

A professora se virou e Aya pôde vê-la com clareza. Ela era velha – muito velha – e pequena, tinha os cabelos brancos como a neve presos em um coque e um rosto redondo e reluzente como uma maçã enrugada. Com um vestido preto esvoaçante e sapatos vermelhos brilhantes nos pezinhos, ela observava cada garota da cabeça aos pés com seus olhos azul-violeta, levantando o braço de uma aqui, tocando a cabeça de outra ali, como madame Belova costumava fazer.

– Certifiquem-se de falar com as mãos, com os dedos dos pés, com os olhos, minhas bailarinas! – ela dizia. – Mas, Dotty, mantenha os olhos no lugar certo, comporte-se como deve.

Só então a menina chamada Dotty olhou para a porta e viu Aya. Uma expressão interrogativa passou pelo rosto da bailarina enquanto encarava a menina, mas ela logo abriu um sorriso e, por um segundo, pareceu que estava prestes a cair na risada.

As notas finais da música soaram, e o exercício de barra chegou ao fim. As meninas relaxaram e começaram a conversar, pegando suas garrafas de água, arrumando os cabelos e puxando as meias enquanto caminhavam até o meio do salão.

Somente a menina chamada Dotty manteve o olhar fixo em Aya, e enquanto tomava um gole de água, piscou e sorriu. Aya sorriu de volta. Pela primeira vez em meses ela não se sentiu invisível.

ALEPO, SÍRIA

Aya mal se lembrava de como a guerra havia começado; é provável que fosse muito pequena na época, talvez tivesse seis ou sete anos. Ela se lembrava de ter visto o pai assistindo às manifestações na TV uma noite. Ele havia convidado alguns amigos do hospital para jantar e todos se puseram a conversar e debater acerca dos acontecimentos recentes: os protestos nas ruas da capital, as prisões, os combates... não pareciam entrar em acordo sobre o que de fato estava acontecendo. Ela ouviu palavras como "reformas políticas... direitos civis... a libertação de prisioneiros... apreensões". Palavras que ela não fazia ideia do que significavam, mas que soavam desagradáveis.

– Eles estão zangados com o presidente – a mãe explicou. Aya não tinha certeza se ela estava se referindo à multidão de manifestantes ou aos amigos do pai.

Nos dias seguintes, a menina acompanhou as imagens no noticiário. Brigas nas ruas da capital, Damasco, manifestantes exibindo cartazes e entrando em confronto com a polícia, tiros disparados, sangue pelas ruas.

– Por que eles estão tão bravos, papai? – ela perguntou.

– Querem fazer da Síria um país melhor, habibti *– respondeu o pai, esfregando a barba grisalha com um ar reflexivo.*

– Então por que a polícia os está machucando?

O pai suspirou.
– Talvez as pessoas tenham ideias diferentes do que significa "melhor".
Aya o olhou fixamente. Os olhos amendoados dele pareciam preocupados e não havia um sorriso em seu rosto. O pai sempre sorria. Mesmo quando chegava em casa exausto depois de um longo turno no hospital, ele sempre sorria para sua Aya, sua garotinha bailarina.
– As brigas chegarão aqui? – ela perguntou. – Em Alepo?
– Espero que não, habibti *– disse ele. – Espero que não. Mas, se isso acontecer, manterei você e a mamãe seguras. Eu prometo.*

3

    Naquela noite, de volta ao albergue, Aya não conseguiu dormir. A cama que ela dividia com a mãe e Moosa era irregular, as molas haviam afundado em uma parte dela. As paredes eram finas como papel, dava para ouvir tudo o que acontecia em todos os outros cômodos. A família da casa ao lado discutia em voz alta numa língua que Aya não entendia; o marido gritava, a esposa chorava. No quarto de cima, um bebê resmungava e, de algum lugar no corredor, ela ouviu o choro da velha senhora Massoud. A pobre senhora estava sempre aos prantos, pelo filho que havia sido levado pelas tropas do governo em Damasco e pela filha que fora morta em um bombardeio pouco depois. Ela contou a Aya que a fonte de lágrimas de uma mãe nunca para de fluir.
    Mas naquela noite também havia música vindo de algum lugar no corredor, uma voz masculina cantando em um idioma que Aya não entendia. Isso a fez pensar nas meninas da aula de dança e na menina chamada Dotty, que sorriu para ela como se Aya fosse apenas uma criança normal. E em Ciara, com os cabelos loiros e a expressão altiva, e na garota de cabelos castanhos – Lilli-Ella – que mostrava a língua quando estava se concentrando. Aya sentiu uma coceira nos braços e nas pernas ao se lembrar da cena. O mero pensamento despertou nela uma forte vontade de dançar.

Não há mais sapatilhas de balé na Síria

– Não há espaço suficiente para esse tipo de coisa aqui, não é, Moos? – ela sussurrou para o irmão mais novo, que estava deitado como uma estrela-do-mar ao lado dela, apertando firmemente seu dedo, roncando e imerso em um sono profundo. Aya olhou para a mãe, adormecida em uma cadeira no canto da sala, o rosto franzido na habitual expressão preocupada. Então a menina puxou um cobertor sobre Moosa, saiu da cama e pegou sua mochila, fazendo o máximo de silêncio que pôde.

Eles não haviam conseguido levar muita coisa quando deixaram a Síria. Fugiram às pressas apenas com as roupas que vestiam e uma bolsa cada. Às vezes, Aya pensava no quarto que tinha em casa e em todos os tesouros que gostava de colecionar: os pôsteres de bailarinas na parede, os animais de vidro em cima da lareira, a pilha de bichinhos de pelúcia na cadeira de balanço, o minúsculo globo de neve com uma dançarina congelada em um *arabesque*[4], que o pai encontrara no mercado de antiguidades... todas as coisas que ela havia deixado para trás. Em comparação, esta sala – iluminada por uma única lâmpada, com as paredes nuas, cortinas rasgadas e a mancha úmida no teto – parecia mais uma cela de prisão do que uma casa.

– Não precisa ser por muito tempo – ela disse à mãe, quando a senhora do centro mostrou-lhes o lugar. – Depois da apelação, encontraremos um lugar melhor. Teremos uma casa de verdade. Eu prometo!

Outra promessa.

Aya enfiou a mão no fundo da mochila, onde havia guardado as sapatilhas de balé. Estavam embrulhadas em dois sacos plásticos para que se mantivessem secas, e, ao desdobrá-las, a menina sentiu o toque macio do cetim sob os dedos. Ela não as via nem as tocava há meses, mas segurá-las agora a fez sorrir. O pai havia comprado aquelas sapatilhas para ela apenas algumas semanas antes de partirem. Seu primeiro par de sapatilhas de ponta, a coisa mais linda que ela já tivera. Aya não fazia ideia de como ele as havia arranjado, mas o pai era assim, capaz de fazer coisas que outros pais não conseguiam.

---

[4] Movimento do balé clássico em que o bailarino se equilibra em uma perna e estende um braço para a frente, enquanto o outro braço e a outra perna se voltam para trás.

Ela se lembrou de quando dançara com elas pela primeira vez, na cozinha de casa. O piso estampado sob os pés, o pai sentado à mesa com Moosa no colo, a mãe parada perto da pia, com as mãos molhadas, batendo palmas de alegria e rindo de sua linda bailarina.

– Dance para nós, Aya! – o pai havia dito.

A mãe despertou, subitamente alerta, com um olhar assustado em seus olhos e ofegante de medo.

– Aya? O que houve?

A menina rapidamente guardou as sapatilhas na mochila.

– Nada. Está tudo bem, mamãe – respondeu.

– Aconteceu alguma coisa? Alguém veio nos buscar?

– Não, mamãe, está tudo bem. Volte a dormir, você precisa descansar.

O som do homem cantando continuou a ecoar pelo corredor, enquanto Aya cuidadosamente devolvia as sapatilhas de volta ao fundo da bolsa, junto com os sonhos que elas haviam colocado para dançar durante um breve momento pelo quartinho apertado.

A menina voltou para a cama.

4

Ela não pôde deixar de voltar no dia seguinte, embora a dor de cabeça da mãe tivesse piorado, Moosa estivesse inquieto e ela precisasse conversar com a moça do banco alimentar a fim de conseguir fraldas para o irmão; embora ela ainda precisasse perguntar a Sally como arranjar um médico para a mãe; embora eles ainda não tivessem falado com o novo assistente social sobre a apelação; embora tudo isso fosse responsabilidade dela agora.

Era aquela música. A melodia tilintante do piano que dançara em sua cabeça a noite toda e vibrara em seus dedos a manhã inteira. Era época de férias escolares, então havia aulas de dança acontecendo durante todo o período matutino. Aya sentou-se em uma cadeira dura de plástico, balançando as pernas no ritmo da música, desenhando movimentos na perna da cadeira com os dedos até sentir que iria explodir se não subisse para dar outra olhadinha.

– Você poderia cuidar do Moosa só por um minuto?

Ela estava sentada ao lado do senhor Abdul, o simpático homem vindo da Somália. No dia anterior, Aya lhe ensinara algumas palavras em inglês, e ele havia começado a ensiná-la a como jogar xadrez. Ele a chamava de "professorinha de inglês" e compartilhava suas balas de hortelã com ela.

– Eu volto bem rapidinho – disse a menina, falando no árabe nativo que ambos compartilhavam, embora tivessem vindo de cantos diferentes do mundo. – Minha mãe, ela está...

– Desaparecendo sob as ondas – disse Abdul, olhando para a mãe, que estava sentada em um dos sofás com os olhos fechados.

– Ela só não dormiu muito bem nesta noite – Aya foi logo dizendo.

– Vá, pode ir, professorinha – falou Abdul com um sorriso. – Vou ficar de olho no pequenino! – E acenou para Moosa, que estava entretido com uma caixa cheia de brinquedos trazida por um dos voluntários.

– Obrigada! – exclamou Aya. – Obrigada!

– Não precisa me agradecer – respondeu Abdul. – Nós da população flutuante precisamos cuidar uns dos outros, ou quem o fará? Não é verdade, pequenino?

Aya subiu as escadas correndo, dois degraus por vez. A aula de dança já estava em andamento. Eram basicamente as mesmas meninas do dia anterior, fazendo os mesmos exercícios, o som das sapatilhas de cetim arrastando no chão, a batida rítmica da bengala da professora e sua voz melodiosa ecoando pela sala. Aya ficou parada à porta, sem fôlego, observando. A menina loira estava lá outra vez, assim como a bailarina de cabelos castanhos e semblante ansioso. Também estavam a garota alta, a ruiva... apenas a menina chamada Dotty havia faltado.

– Então você existe! – Aya se virou depressa, o calor tomando todo o seu rosto. – Eu sabia! Eu sabia que você não era um fantasma!

– Fantasma?

– Sim. No começo eu fiquei me perguntando se você era uma fada ou algo assim.

A menina chamada Dotty jogou a bolsa no chão e foi tirando as calças esportivas (que eram de um cor-de-rosa intenso) e a blusa brilhante, revelando as roupas de balé que vestira por baixo.

Aya olhou ao redor, nervosa, sem saber ao certo se tinha permissão para estar ali.

– Aí pensei que você poderia ser o fantasma de alguma antiga aluna de balé que morreu em um acidente esquisito dando pirueta – a garota continuou. A pele dela era da cor das amêndoas adocicadas que mamãe comprava no mercado de Alepo. – Ou talvez só morrido de tédio em um dos intermináveis exercícios de barra da senhorita Helena! – E simulou um desmaio dramático antes de se recuperar prontamente e adotar uma pose teatral. – Destinada a vagar pelos corredores deste centro comunitário para sempre.

Aya olhou para a porta do estúdio.

– Desculpe. A propósito, meu nome é Dotty. – E estendeu a mão com muita formalidade; Aya fez o mesmo.

– Eu sou Aya. – As palavras saíram de um jeito estranho, o que a fez morder o lábio. Ela sabia que soava como uma estrangeira, sabia que era diferente. Mas a menina chamada Dotty pareceu não notar.

– Legal, nome bonito! – declarou.

O *collant* que ela usava nesse dia era diferente do que usara no dia anterior. Tinha detalhes de renda nas costas e alças triplas que cruzavam irreverentes sobre os ombros. Era o tipo de coisa de que Samia teria gostado, pensou Aya. Samia, que tinha um *collant* diferente para cada dia da semana – e dois para os domingos. Samia, cujo prédio onde morava ficava na esquina do prédio dela, a menina com quem Aya frequentava as aulas de dança desde os seis anos de idade. Elas costumavam andar de mãos dadas pela avenida empoeirada, com as mochilas do balé penduradas nos ombros; Samia conversando e falando, Aya ouvindo e dando risada.

– Você meio que parece um fantasma até – disse a menina chamada Dotty. Ela colocava peso nas vogais e as pronunciava longamente, assim como Sally e os outros ajudantes voluntários no centro, notou Aya. As palavras soavam estranhas, diferentes de como Aya as conhecia. – Mas assim, só porque você parece ser meio das antigas – continuou Dotty. – Espero que não se ofenda.

Aya sentiu o rosto enrubescer, pois sabia como devia ser a aparência dela naquele momento. Seus tênis eram grandes demais para o seu tamanho, enquanto as saias eram curtas demais; o moletom era masculino, e o lenço em sua cabeça mais se parecia com um pano de prato. Usando roupas assim todos os dias, ela estava acostumada a se sentir diferente. Ao menos era melhor do que ser completamente invisível. No entanto, hoje – agora – ela não queria que aquela menina a visse daquele jeito.

– Mas, veja bem, eu não quis dizer isso de um jeito negativo – continuou Dotty, agora tentando prender seus rebeldes cachos pretos em um rabo de cavalo torto. – É só que você é tão magra e tudo o mais, sabe? É claro, não dá para imaginar um fantasma gordinho, não é?

As palavras pareciam sair da boca dela como bolhas de sabão, como purpurina, pensou Aya. Isso também era típico de Samia. A família de Samia partiu pouco antes da de Aya. Talvez eles também estivessem no Reino Unido agora; ou na Alemanha, na França, talvez ainda em um dos campos de refugiados ao longo do caminho.

Se é que haviam conseguido escapar.

– Está bem, se você não é um fantasma, suponho que venha do lugar lá embaixo, estou certa?

Dotty estava pronta agora, mas continuou parada e com as mãos nos quadris, observando Aya como se ela fosse uma espécie exótica de borboleta ou um novo sabor particularmente interessante de jujuba.

– Sim – Aya respondeu, mordendo o lábio.

– Isso é bem legal também – disse Dotty com um sorriso alegre. – Não tão legal quanto ser um fantasma, mas eu também nunca tinha conhecido um refugiado de maneira adequada. De onde você é, então?

– Síria – Aya disse baixinho. – Alepo.

– Legal... aquele lugar das notícias! – Dotty parecia animada. – Não faço ideia de onde fica.

– Dotty Buchanan! – veio uma voz de dentro do estúdio de dança. – Você está atrasada. Muito atrasada!

5

Dotty encolheu os ombros e sorriu.
– Fazer o quê? O dever chama! Mas foi um prazer conhecê-la, menina da Síria. – Ela parou por um segundo junto à porta, olhando para Aya de perto, e sua expressão mudou de repente. – Ei, a propósito, mil perdões se eu disse a coisa errada. Eu costumo fazer isso. Minha mãe diz que é porque falo sem pensar.

Aya balançou a cabeça.
– Você... não disse.
– Dotty Buchanan! – veio a voz de dentro do estúdio outra vez. – Você pode, por favor, vir até aqui?

Dotty ainda observava Aya com uma expressão preocupada.
– Venha de novo, sim?

Aya queria dizer alguma coisa, mas a porta do estúdio foi-se abrindo e dela saiu a professora de dança. De perto, Aya achou que ela parecia ainda menor, como uma pequena e resistente fada-vovozinha. Era muito mais velha que madame Belova, mas havia algo na elegância de seus movimentos, na inclinação de seu queixo, que lembrava Aya de sua antiga professora; uma espécie de graça inexplicável que cintilava ao redor da velha senhora como pó mágico.

– Dotty Buchanan, o que está fazendo zanzando por aqui se está tão atrasada? Veja como está tarde!

– Desculpe! Minha mãe estava ensaiando, depois ficamos presas no trânsito, e então eu conheci Aya.

A professora de balé olhou de canto na direção de Aya antes de bater no relógio e encarar Dotty por um longo momento.

– Está na hora, senhorita Buchanan!

– Mas Aya é uma refugiada, ela veio da Síria – explicou Dotty. – Não é o máximo, senhorita Helena?

A senhorita Helena lançou outro olhar rápido na direção de Aya, mas dessa vez franziu um pouco a testa.

– Sim, é "o máximo", mas, até onde sei, há um grande teste chegando, senhorita Buchanan, então talvez você devesse gastar menos tempo tagarelando e mais tempo aperfeiçoando seus *développés*, não acha?

– Sim, senhorita Helena – Dotty suspirou, olhando para Aya como quem pede desculpas enquanto entrava no estúdio, até que parou à porta e perguntou: – Ei, Aya poderia participar da nossa aula?

Aya sentiu como se uma nuvem de borboletas de repente despertasse dentro de seu estômago, agitando suas asas coloridas de um lado para o outro.

– Veja só a postura dela – Dotty apontou. – Está muito claro que ela é bailarina.

– Esta turma está lotada – respondeu a professora, com gentileza, embora em um tom de voz firme.

– Mas... – Dotty interrompeu o que ia dizer.

As asas de borboleta se espalharam como folhas de outono no estômago vazio de Aya. Por alguma razão ela sentiu vontade de chorar – e ela não se permitia chorar há semanas.

– Mas nada, Dotty Buchanan – disse a senhorita Helena bruscamente, embora tenha olhado para Aya outra vez com uma expressão esquisita nos olhos. – É melhor ir logo até a barra!

Aya piscou com força e ergueu o queixo sem hesitar. Ela não chorava há muito tempo, não seria agora que ia ceder.

– Volte outro dia! – Dotty sussurrou enquanto a senhorita Helena a empurrava para dentro da sala de aula.
– Não sei – Aya se ouviu dizer. – Posso tentar.
– Promete? – perguntou Dotty.
Aya pensou em todas as promessas que havia feito. À mãe, ao Moosa, ao pai.
A senhorita Helena continuou empurrando Dotty para dentro da sala. Ela olhou para trás e Aya assentiu, sem muita convicção.
– Ok. Eu prometo.

ALEPO, SÍRIA

A guerra chegou a Alepo logo após o sétimo aniversário de Aya. A mãe havia feito o tradicional tabule e um bolo de amêndoas com uma bailarina no topo. Todas as meninas da sua aula de dança foram convidadas para uma festa do pijama, e a noite estava tão agradável que a mãe permitiu que elas dormissem no terraço, sob as estrelas.

Samia dançava de um lado para outro, imitando sua estrela pop favorita. Nadiya e Nooda inventavam uma coreografia na qual parecia que uma única garota estava dançando na frente de um espelho. Kimi desenhava bailarinas vestidas com tutus cor-de-rosa, lilás e turquesa. Havia música vindo do jardim lá embaixo e o cheiro de mahashi *que a mãe preparava na cozinha.*

Quando as primeiras explosões aconteceram, Aya pensou que estivessem soltando fogos de artifício na parte leste da cidade. Fogos de artifício para o aniversário dela.

No entanto, o pai chegou mais cedo do hospital, e ela ouviu a mãe e ele conversando em voz baixa na cozinha, em um tom de medo.

– Manifestantes baleados pelas tropas do governo... combatendo na Cidade Velha – ela o ouviu dizer. O lindo e antigo mercado coberto onde a mãe comprara as frutas e as amêndoas para o bolo de aniversário de Aya havia sido danificado; buracos de bala agora marcavam as paredes do antigo suk[5].

---

[5] Uma espécie de mercado tradicional onde se vendem produtos variados.

A mãe reuniu todas as meninas dentro de casa. Não era seguro dormir no terraço, disse ela, portanto as garotas montaram um esconderijo com colchões no quarto de Aya, acenderam as velas do bolo e cantaram parabéns. Ainda assim, a noite havia sido arruinada de alguma maneira, e Aya não conseguiu dormir por muito tempo, devido ao som dos tiros.

No dia seguinte, descobriram que Rami, irmão mais velho de Samia, estivera no protesto. Ele foi um dos sortudos. Voltou para casa apenas com arranhões e uma expressão assustada nos olhos. Outros não tiveram tanta sorte.

Nos dias seguintes, os combates ficaram mais intensos. A parte leste da cidade foi tomada pelos rebeldes, e Alepo parecia ter sido cortada ao meio. Agora havia soldados patrulhando as ruas perto da casa de Aya, e o pai dizia que eles não podiam ir à parte oeste de Alepo porque ela estava ocupada por tropas do governo. Felizmente, o estúdio de dança de madame Belova ficava no bairro onde eles moravam – isso era tudo o que importava para Aya naquela época.

Os presentes que ela recebera na festa foram todos guardados, e a família comeu o restante do bolo, mas o som dos tiros não parou. Foi surpreendente a rapidez com que algo tão pavoroso começou a parecer... normal.

6

— Meu pai é médico — explicou Aya, pelo que pareceu ser a milionésima vez. — Digo... ele era.

Esse era um novo assistente social. Não era o mesmo com quem tinham conversado no centro de detenção de Bedford. Ao que tudo indicava, ele não estava com os arquivos de sua família; haviam se perdido ou sido extraviados em algum lugar — ninguém sabia onde — quando a família saiu do centro e foi transferida para Manchester, portanto Aya teve de repassar todas as informações do zero.

— Ele trabalhava em um hospital em Alepo, mas antes disso passou cinco anos na Inglaterra, em um lugar chamado Birm-ing-ham — Aya pronunciou o nome desconhecido, lembrando-se de como o pai sempre o pronunciava com um sotaque anasalado e muito estranho que a fazia rir. — Ele tinha uns papéis do hospital de lá dizendo que dariam a ele um emprego.

— Você ainda tem esses papéis? — o jovem assistente social ergueu os olhos, esperançoso. Devia ter seus vinte e poucos anos de idade, e uma barba rala crescia em seu rosto. Parecia muito cansado.

Aya balançou a cabeça.

— Eles também... — ela hesitou — se perderam.

Moosa engatinhava debaixo de uma das mesas do banco alimentar, e as duas senhoras responsáveis pelo setor pareciam zangadas. Aya foi resgatá-lo antes que ele batesse a cabeça ou derrubasse alguma coisa.

– Chega de travessuras, Moosa! – ela disse, sentindo-se cansada. – Aya está tentando resolver as coisas, e ela precisa que você se comporte hoje, combinado?

O jovem assistente social parecia impaciente quando Aya voltou com Moosa se contorcendo nos braços. A mãe mexia na manga da blusa, como sempre fazia quando estava chateada ou ansiosa. Aya se inclinou e acariciou a mão dela.

– Não se preocupe, mamãe. Vai ficar tudo bem.

– E sua primeira apelação foi rejeitada porque...? – o assistente social voltou a fazer perguntas. Aya queria saber por que sua família havia sido transferida para cá e por que ela tinha de passar por tudo isso outra vez. Nunca parecia haver tempo para perguntar essas coisas.

– Não sei. Dizem que estamos entrando ilegalmente no país – disse Aya.

Ela se lembrou dos funcionários da imigração colocando todos eles na traseira de uma van da polícia e levando-os para o centro de detenção, que mais parecia uma prisão do que um local seguro.

– E acho que a outra senhora, a nossa assistente social anterior, disse que já havíamos solicitado refúgio na Turquia... ou na Grécia, eu acho, e por isso não podemos pedir asilo aqui.

Esses termos haviam se tornado familiares para Aya: "solicitar refúgio", "asilo", "condição de refugiado", "direito de permanência". Ela sabia quais palavras usar, embora ainda não entendesse completamente o que significavam.

– Entendo – o jovem folheou os papéis com a testa franzida enquanto Moosa se contorcia para sair do colo de Aya. – Bem, vou ver o que posso fazer.

– Mas não solicitamos refúgio lá – Aya foi logo dizendo, enquanto Moosa caminhava cambaleante outra vez em direção ao banco alimentar. – Veja, eles entrevistaram minha mãe quando chegamos ao centro de detenção há três semanas. – Três semanas... Havia mesmo menos de um mês que eles estavam na Inglaterra? – Mas ela não estava muito bem. E o inglês dela...

Aya queria explicar. Queria falar sobre tudo o que havia acontecido depois do pai, sobre o campo de refugiados e a indisposição da mãe, sobre a assistente social do centro de detenção que insistiu em entrevistá-la sem Aya e sobre como a mãe provavelmente não tinha entendido uma única palavra do que lhe perguntaram.

O rapaz, no entanto, já tinha começado a guardar os papéis na pasta e parecia não estar mais ouvindo. Moosa estava sendo afastado das pilhas de latas e pacotes pelas duas senhoras de aparência feroz, que resmungavam irritadas.

– Entendo. – Ele tirou os óculos e esfregou as têmporas, e Aya não achou que ele tivesse entendido de verdade.

– Mas podemos apelar novamente? – perguntou Aya. – A outra assistente social... ela disse que poderíamos fazer outra apelação, não é?

– Vou investigar – disse o jovem cansado, rabiscando algo em um pedaço de papel. – Agora preciso ver a próxima pessoa.

Moosa caiu, bateu a cabeça e começou a chorar, um lamento estridente que fez Aya sentir um súbito desespero.

– Eles não vão nos mandar de volta, vão?

O assistente social acenou para a família seguinte, e Aya sentiu o pânico aumentar. Ela esperou tanto tempo para falar com ele e havia tantas coisas que ainda precisava perguntar!

– Ay-a... Ay-a! – Os soluços de Moosa ecoavam cada vez mais no ar abafado.

– Eles não podem... podem? – Aya questionou. – Não podem nos mandar de volta para Alepo!

Ela se lembrou de como o senhor Abdul os chamara: "população flutuante". Às vezes parecia que eram pedaços de madeira à deriva, sempre movidos pelo fluxo e refluxo da maré, sem poder decidir para onde eram levados, sempre à mercê dos outros.

– Farei tudo o que estiver ao meu alcance.

E então o assistente social abriu o próximo arquivo, e Moosa, com o rosto vermelho e choramingando nos braços de uma das senhoras do banco alimentar (que resmungava e fazia careta, dizendo algo sobre como manter as crianças sob controle), estendeu as mãozinhas para Aya e murmurou:

– Papai, quero o papai!

– Eu também, Moos! – disse Aya enquanto estendia um dedo para a palma aberta de Moosa e segurava sua mãozinha pegajosa. – Eu também!

7

Aya levou séculos para conseguir acalmar Moosa. Ela o balançava para cima e para baixo no quadril e cantava baixinho, tentando lembrar-se da música que o pai cantava quando ela não conseguia dormir (ou porque lhe faltava o sono, ou quando havia uma tempestade, ou na primeira noite de bombardeios). A música dizia que o sol sempre aparece depois da chuva, e que por trás das nuvens escuras ainda há luz. Mas ela não conseguia se lembrar de toda a letra. Fosse como fosse, não estava funcionando.

– Quero o papai! – Moosa resmungou novamente.

– Calma, Moosie. Vai ficar tudo bem – respondeu, beijando as lágrimas de suas faces quentes e cantarolando trechos da música entre seus cabelos úmidos. Isso é o que o pai sempre dizia: que tudo ficaria bem quando chegassem à Inglaterra. Agora eles estavam aqui, mas não estava tudo bem… e o pai não estava com eles. Aya sentiu um forte cansaço e uma imensa fúria tomando conta dela de repente, porque não era justo! Não era justo que ele tivesse partido, e a mãe estivesse doente, e ela precisasse resolver tudo, sendo jogada de um lado para o outro sem saber por quê. Não era justo ela ter de cuidar de Moosa o tempo todo e ele sempre precisar de algo – de alguém. Ela sentia que estava prestes a explodir. Não era justo! Nada disso era justo!

Moosa acabou adormecendo, exausto, com os cílios ainda úmidos de lágrimas enquanto Aya o deitava no carrinho. A música recomeçou lá em cima e hoje parecia quase atiçar a fúria dentro dela, como se quisesse libertá-la, fazê-la sair de uma só vez; as bombas, o acampamento, os guardas da fronteira, o contêiner, o mar... Todas as memórias que ela tanto se esforçava para manter bem guardadas e inacessíveis.

– Você está bem, professorinha? – perguntou o senhor Abdul, exibindo os dentes brancos em um largo sorriso. – Quer jogar xadrez?

– Não agora. Eu estou... de saída – respondeu ela. – Preciso tomar um pouco de ar.

Aya saiu pela porta corta-fogo que ficava no fundo do corredor e acabou em um pequeno pátio de concreto; três lados dele eram cercados por paredes de tijolos vermelhos, e o quarto era coberto por uma tela de arame enferrujada. Um quadrado do céu alvo de Manchester acima. Ervas daninhas crescendo sobre o pavimento preto e irregular abaixo. Bitucas de cigarro espalhadas em um canto perto das lixeiras. No ar, cheiro de lixo, de fumaça de escapamento e de sopa quente vindo da cozinha.

A música soava mais alta ali, e a peça que estava tocando era familiar, embora Aya não conseguisse lembrar onde a escutara antes. As notas pareciam voar pelo ambiente, como estilhaços, como escombros caindo de edifícios bombardeados, como a poeira rodopiando pelas ruas de sua casa após a explosão das primeiras granadas.

Uma lembrança dos céus ensolarados da Síria, de correr para seu antigo estúdio de dança, passando por Bab al-Nasr, o Portão da Vitória, e dando risada enquanto subia as escadas até o estúdio com suas colegas de classe, Samia fazendo piada sobre um garoto da escola...

As notas musicais passavam por ela como a água do mar atravessa os seixos na praia, deslizando pelos seus dedos das mãos e dos pés. Aya correu alguns passos pelo concreto, parou perto da grade, sentindo seu corpo se contorcer em uma pirueta.

Sentados no terraço do apartamento numa noite de verão, observando o sol se pôr na cidadela, o pai tocava gaita enquanto Aya e Moosa rodopiavam de um lado para o outro e a mãe ria, com as mãos cobertas de farinha...

Não há mais sapatilhas de balé na Síria

Ela parou e fechou os olhos, agarrando-se com firmeza às memórias que transbordavam e ameaçavam derramar junto a elas tudo o que havia dentro de Aya. Ela subiu na meia-ponta e esticou a perna, em um movimento amplo de semicírculo.

As meninas no estúdio de dança, rindo antes da aula começar, calçavam as sapatilhas... Samia contando uma história boba que fez todo mundo dar risada, até as gêmeas que costumavam ser tão sérias... Madame Belova encostada no parapeito da janela com seu sorriso sardônico enquanto as observava se aquecerem...

Aya se apoiou na parede, ficou na ponta do pé e fez uma pirueta; sentiu como se algo dentro dela estivesse se soltando. Aquilo doía, mas também era bom.

As bombas caindo, as ruínas de Bab al-Nasr e do antigo suk, a visão do estúdio de dança, que agora se transformara num esqueleto; barras penduradas nas paredes, espelhos quebrados pela explosão. O pai dizia que eles precisavam fugir...

Aya deixou as emoções tomarem conta dela. A música acelerou e ela saltou no ar, as mãos subindo em direção ao céu tão alvo, depois despencando no chão coberto de ervas daninhas.

As memórias invadiam sua mente... os guardas da fronteira... o campo de refugiados... o contêiner abafado... o barco atravessando o mar... a tempestade...

Ela girou novamente; uma, duas, três vezes.

O mar... o barco... a praia... sangue na água...

Seu corpo parou bruscamente. Não, havia lembranças que ela não podia permitir virem à tona.

– Às vezes a única coisa que você consegue fazer é dançar, não é?

8

Aya cambaleou de volta ao presente. Sentia-se tonta e atordoada; levou um segundo para se reconectar com o lugar onde estava.

Parada no topo da escada de incêndio estava a pequena e velha professora de dança. Hoje vestia uma longa saia roxa e um gigantesco cardigã cinza de tricô que chegava quase até os tornozelos. Parecia ainda mais com uma antiga rainha das fadas; a pele delicada, os olhos duas violetas, os cabelos como penugem de cardo.

– Você sente a música aqui – a senhora bateu no próprio peito enquanto descia com cuidado a escada de metal, observando Aya atentamente.

Aya estava ofegante e tonta, ainda assimilando as paredes de tijolos vermelhos, as latas de lixo, a grade enferrujada... Por alguns momentos foi como se estivesse outra vez em Alepo.

– Eu vi você assistindo à minha aula outro dia.

Aya sentiu-se enrijecer.

– Peço desculpas, eu...

A senhora acenou com a mão, como se não quisesse ouvir a justificativa.

– Onde você foi treinada?

– Treinada? – Ela percebeu que havia se acostumado a desconfiar das pessoas; era um hábito difícil de abandonar. A senhora a olhava de cima a baixo com um olhar crítico e avaliador que fazia Aya se sentir rígida e constrangida.

– Qual escola de balé você frequenta?

– Nenhuma. Acabamos de chegar. À Inglaterra. Faz três semanas.

– Três semanas. E antes disso?

Aya pensou na lista de lugares pelos quais eles haviam passado. Ela se lembrou do pai contando cada um deles em seus longos dedos morenos e rindo: Síria, o acampamento em Kilis, atravessando o mar de Esmirna até a Grécia – a praia de Quios – para depois chegar à Inglaterra. "Nosso *Grand Tour*", ele o chamou. Somente o pai era capaz de fazer uma fuga se parecer com uma aventura.

– Alepo – a menina respondeu baixinho.

– Entendo – a senhora chegou a alguma conclusão internamente e assentiu. – Às vezes me parece que o mundo nunca aprende.

O sol se exibiu por entre o manto branco de nuvens, fazendo até mesmo os tijolos vermelhos e sujos adquirir uma tonalidade mais vívida.

– Eu... eu não entendo.

– Não, é claro que não. – Os olhos da senhora examinaram as feições de Aya, e, pela segunda vez em dois dias, a menina sentiu que alguém a via, não enxergava através dela. – Talvez – a senhora continuou, em um tom de voz baixo – você tenha interesse em participar da minha aula de dança lá em cima, sim?

Aya sentiu-se corar.

– Você disse que não tinha espaço...

– Para as bailarinas certas, sempre podemos arrumar um pouco mais de espaço, eu acho.

Um vapor quente saía da tubulação, exalando cheiro de sopa de carne e cenouras. O estômago de Aya roncou, e ela percebeu o quanto estava com fome. Ela olhou para baixo e encolheu os ombros.

– Eu... nós não temos dinheiro para pagar. Para as aulas.

A senhora desceu lentamente os últimos degraus, com os olhos fixos em Aya.

– Quando eu cheguei à Inglaterra – disse ela, olhando as ervas daninhas ao redor e as pontas de cigarro –, contei muito com a bondade de estranhos, como disse certa vez alguém cujo nome não me vem à mente agora.

A menina sentia as ásperas placas de concreto sob os pés, e o sol batia forte, denso. Algo pulsava constantemente em sua barriga, e ela precisava verificar se Moosa estava bem, dar-lhe de comer. Assim como à mãe, que não havia comido quase nada no dia anterior.

– Às vezes precisamos nos permitir aceitar a ajuda dos outros. – A senhora enfiou a mão no bolso, desembrulhou uma barra de chocolate amargo, quebrou um pedaço e o entregou a Aya antes de colocar um quadradinho na boca.

Aya deu uma mordida. O chocolate era saboroso e amargo, com um toque doce de cereja ou laranja.

– Talvez eu possa conversar com seus pais sobre a dança.

– Tenho apenas… minha mãe. – Ela sentia que as palavras podiam fazê-la tropeçar, então pisava cuidadosamente sobre cada uma delas, como se fossem pedras em um rio. – Ela não fala inglês.

De algum lugar, não muito longe, ela ouviu uma sirene tocar e o barulho do trânsito.

– Talvez possamos falar com sua *maminka* juntas, então.

No cérebro de Aya surgiu uma imagem de madame Belova. Seus loiros cabelos curtos, os olhos escuros e penetrantes, a curva de sua boca quando ela via um movimento que a agradava. A menina tinha a sensação de que madame Belova e aquela senhora teriam se dado bem.

– Por favor, madame, eu… – Aya começou a dizer.

A senhora a deteve.

– Não precisa me chamar de madame. Eu sou a senhorita Helena. E você é…? – Seus olhos azuis brilharam quando Aya ergueu o rosto na direção dela.

– Aya.

– Bem, senhorita Aya de Alepo – e sorriu –, acho que você deveria participar da nossa humilde aula de dança para ver o que acha.

9

A aula já havia começado quando elas chegaram ao estúdio. Outra professora estava ao lado da barra. Tinha cara de ser uns trinta anos mais jovem que a senhorita Helena, era mais alta também, mas tinha os mesmos olhos azuis brilhantes; ela mantinha um porte ereto, e seus cabelos grisados eram cortados ao estilo bob, alinhadíssimos. A música tocava, e as meninas faziam um exercício muito rápido na barra, um *battement frappé*[6], os pés se estendendo para a frente e para trás, as cabeças se inclinando todas juntas. Mas foi para Aya que a atenção das meninas se voltou quando a senhorita Helena a conduziu para dentro da sala.

– Olhando para a frente – disse a senhorita Helena enquanto atravessava até a barra. – Queixos erguidos. Não, não, não, Dotty! Este é o *corps de ballet*[7], não a companhia dos cadáveres! Você deve parecer uma criatura encantada, não um... como se diz? Um zumbi!

As meninas riram quando Dotty fez uma cara de zumbi. Quando o exercício chegou ao fim, todas se viraram e, cheias de curiosidade, observaram

---

[6] A partir de um *cou de pied*, a perna se estende rapidamente (para a frente, para os lados ou para trás) enquanto a ponta do pé tende a tocar o chão.

[7] Grupo de bailarinos que compõe o pano de fundo para os bailarinos principais.

Aya, que constrangida esperava perto da porta. No rosto de Dotty abriu-se um enorme sorriso.

– Oi, menina-fantasma! – ela murmurou.

A senhorita Helena apresentou Aya à professora mais nova.

– Esta é minha filha, senhorita Sylvie – disse. – Ela é responsável pelas atividades cotidianas da escola. Esta é Aya.

A senhorita Sylvie, que parecia velha demais para ser descrita como filha de alguém, assentiu e estendeu a mão formalmente.

– É um prazer conhecê-la, Aya. – Ela era mais rígida que a mãe, mas seu rosto severo não transmitia crueldade, embora sua expressão fosse um tanto curiosa.

A professora de balé mais velha voltou-se para as meninas reunidas.

– Aya vai participar da aula hoje.

– Vestida assim? – a garota loira chamada Ciara foi quem apontou o fato, usando um *collant* ornamentado com um tipo de renda que remetia a delicadas gavinhas. Sua pele era tão branca que fez Aya pensar em leite de coco.

Aya enrubesceu e olhou para seu próprio reflexo nos espelhos manchados. Usava *leggings* e uma camiseta velha que havia ganhado no centro de detenção em Bedford; era um tanto masculina e ficava grande demais nela. Seus pés sujos perdiam-se dentro de um velho par de sandálias da mãe, e ela se sentiu... Qual a palavra? Nenhuma descrição parecia vir à mente. Estranha? De outro mundo? Perdida? Ela sabia que aquelas outras meninas provavelmente a enxergavam assim.

– Ciara, talvez você queira se concentrar em melhorar seu *cou-de-pied*[8] desajeitado em vez de se preocupar com o que os outros decidem vestir – falou a senhorita Sylvie, curta e grossa.

A menina ruiva deu uma risadinha, e até a menina alta e apreensiva de óculos torceu a boca em um sorriso. Dotty abafou uma risada alta, soltando uma espécie de ronco.

– Mas você disse que a turma estava lotada... – Ciara protestou.

---

[8] Posição em que o pé de ação pousa sobre o tornozelo da perna de base.

— Então vamos torcer para que uma de vocês não seja convidada a sair! – disse a senhorita Helena.

Ciara ficou ainda mais pálida e não disse mais nada, apenas olhou enfurecida na direção de Aya.

— E agora, se ninguém se opuser – a senhorita Helena ergueu as sobrancelhas –, vamos começar!

Aya sentiu vontade de fugir daquele lugar, de dizer que não podia ficar muito tempo, que precisava voltar para Moosa e a mãe. No entanto, a música já havia começado, e as outras meninas começaram a se movimentar; ela não teve escolha senão juntar-se a elas.

Era um exercício simples de barra, o tipo de coisa que Aya já havia feito um milhão de vezes na aula de madame Belova. Mas isso parecia ter acontecido há séculos.

Dotty virou-se para ela e sussurrou:

— Faça como eu. Bem, os mesmos passos, pelo menos. Não copie minha técnica, do contrário vai acabar fazendo tudo errado!

Aya sentiu uma enorme gratidão misturada a uma crescente sensação de pânico. E se a música a fizesse sentir-se como antes, quando todas as memórias foram liberadas e ela perdeu o controle sobre elas?

Ela se esforçou para pensar somente nos passos, bloqueando todo o resto e concentrando-se apenas no suave arrastar das sapatilhas de cetim no chão, nas batidas rítmicas dos pés, no zumbido do ar-condicionado, no cheiro de suor e resina, em conduzir seus pés e braços pelos movimentos que antes lhe eram tão familiares.

— Bumbum para dentro, meninas! – a senhorita Helena disse. – Dotty, lembra-se da nota de vinte libras? Você tem uma nota de vinte libras presa entre as nádegas e não quer perdê-la. Precisa apertá-la com força, não a solte!

Aya sorriu. Madame Belova disse uma vez que o corpo guardava memórias; nos braços, nas pernas, nos dedos dos pés, nas pontas dos dedos. Memória muscular, ela chamava. À medida que a música fluía e as meninas passavam para um exercício diferente, Aya sentia seu corpo se lembrar da suave elasticidade do *battement fondu*[9], da agilidade do *battement frappé*, do lento e sustentado *relevé lent*[10] e do rápido e amplo *grand battement*[11]. Ela sentiu cada movimento liberar memórias que estavam firmemente trancadas em seus músculos. Foi doloroso e difícil, mas lhe trouxe uma deliciosa combinação de sentimentos. Um momento mágico.

– Muito bem – disse a senhorita Helena. Aya mal percebeu que a música havia acabado. As outras meninas sorriam, e, com um choque, ela percebeu que a professora estava falando com ela.

Alepo, Síria

No dia em que Aya percebeu que a guerra havia mesmo chegado a Alepo, ela estava em uma aula de dança. Madame Belova estava ensinando as meninas a fazer um arabesque. Era apenas um arabesque parterre[12] *muito simples; madame dizia que era preciso dominar essa posição antes de tentar levantar a perna. Mesmo assim, Aya se lembrava de sentir-se como uma fada, como um pássaro prestes a levantar voo.*

– *Seus braços devem estar estendidos em harmonia com as pernas* – dizia a madame – *para formar uma curva graciosa desde a ponta dos pés...*

A explosão sacudiu o prédio como um terremoto. As luzes se apagaram, e a poeira caiu do teto. Um dos espelhos se quebrou. Aya lembrou-se do silêncio que tomou o lugar após o estrondo, ainda mais alto que o barulho da explosão e que parecia durar para sempre. Depois disso veio o som das sirenes. Todas as meninas tossiam, e madame Belova chamava:

– *Meninas, vocês estão bem? Estão todas bem?*

E então – estranhamente – a música começou outra vez. O CD player continuou de onde havia parado, sem perder o ritmo, como se nada tivesse acontecido; como se o mundo não tivesse mudado para sempre.

---

[9] Movimento em que a perna de base se curva em um *plié* enquanto a perna de ação se ergue a partir de um *cou-de-pied*.
[10] Movimento em que os calcanhares são levantados do chão, iniciando com *plié*.
[11] Movimento em que se lança a perna o mais alto possível no centro e na diagonal.
[12] Movimento *arabesque* com os dois pés tocando o chão.

A bomba atingiu alguns prédios residenciais perto do hospital onde o pai trabalhava, e o minarete milenar da Mesquita dos Omíadas também foi atingido. Muitos fiéis ficaram presos lá dentro. Naquela noite, Aya ouviu o pai conversando com a mãe sobre as vítimas que haviam sido levadas ao hospital. Houve ferimentos terríveis, um pesadelo, disse ele.

– Está de pé ali há mil anos – ela ouviu o pai dizer. – E então, um dia, é destruída, levando consigo inúmeras vidas.

Aya praticava seu arabesque croisé[13] *na sala de estar. O pai e a mãe estavam na cozinha, sentados no escuro, apenas as velas iluminavam o ambiente, pois havia sido feito um corte de energia.*

– A rádio diz que as tropas bloquearam a estrada principal para o sul – disse a mãe. – As pessoas estão dizendo que haverá um cerco. – Aya olhou para cima. Ela não sabia o que aquela palavra significava. Não naquela época. – Se houver mesmo um cerco, o que faremos?

Silêncio. Aya imaginou o pai ficando atrás da mãe, esfregando as têmporas do jeito que ela gostava quando tinha uma de suas dores de cabeça.

– Vamos dar um jeito – ela o ouviu dizer.

Aya ergueu a cabeça como madame Belova lhe ensinara, mantendo as costas firmes e retas, tentando seguir a linha do braço com os olhos.

– Não pode durar para sempre – disse o pai.

Com muito, muito cuidado, Aya ergueu a perna, tentando visualizar a forma que desejava criar, mantendo a linha estável. Por algum motivo, era mais fácil no escuro. A mãe estava dizendo algo que Aya não conseguiu entender. A menina ergueu o torso e sentiu a bela linha curva ondulando por todo o seu corpo – só por um segundo.

– As coisas vão se resolver em breve – disse o pai. – De uma maneira ou de outra.

Ela cambaleou e perdeu a forma, mas conseguia lembrar-se de tudo o que precisava fazer e sabia que era capaz de repetir na próxima vez.

---

[13] Uma das oito posições; a perna de ação pode ser cruzada na frente (*devant*) ou atrás (*derrière*).

10

A aula passou em um piscar de olhos para Aya. Ela havia se concentrado nos passos de dança, mergulhado nos movimentos à medida que se lembrava deles, liberando-os – só por um breve período. Ela se permitiu esquecer-se de Moosa, da mãe... e do pai. Foi tão bom, bom até demais, e acabou cedo. Antes que ela percebesse, a aula chegara ao fim. Aya se sentiu leve, um pouco estranha e um tanto culpada, mas de um jeito agradável.

Enquanto as outras meninas faziam suas reverências e começavam a sair, Dotty agarrou Aya e arrastou-a para o saguão, com um sorriso largo.

– Falei de você para todo mundo – disse com um sorriso. – Pensaram que você fosse um produto da minha imaginação fértil! Como na vez em que pensei ter visto uma tarântula no banheiro, e na verdade era apenas uma cabeça de esfregão...

Dotty performou uma breve dancinha, seu corpo e rosto se transformando primeiro em uma aranha, depois em um esfregão varrendo o chão.

– Ou aquela vez que você nos disse que o homem da loja da esquina era um vampiro – disse a garota chamada Lilli-Ella, revirando os olhos.

– Ah, mas eu ainda acho que alguma coisa nele parece com um morto-vivo! – disse Dotty, e dessa vez se transformou em uma espécie de vampiro zumbi que fez todas as outras garotas rir. Ela era uma artista natural, pensou Aya, enquanto Dotty desabava como um morto-vivo no chão.

– De qualquer maneira, o fato é que eu não inventei Aya! – disse Dotty, sentando-se e sorrindo. – Quer dizer, nem eu poderia imaginar alguém que dançasse como ela!

– O que há de tão especial na maneira como ela dança?

– Vou ignorar esse comentário, Ciara – respondeu Dotty. – Porque você só pode ter levado uma pancada na cabeça, ou precisa de um cão-guia, algo do tipo, do contrário não teria feito uma pergunta dessa.

Aya olhou para Ciara, que a encarava com desconfiança, e sentiu seu rosto corar.

– Tudo bem, a meiguíssima Ciara obviamente dispensa apresentações. Agora é melhor você conhecer o resto da turma – continuou Dotty. – Esta é Lilli-Ella. Está apenas no quinto ano e já faz parte da nossa turma avançada, do sexto ano, então ela é basicamente uma criança prodígio.

– Não mesmo! – Lilli-Ella sorriu e corou. – Mas é um prazer conhecer você, Aya.

Aya assentiu e tentou sorrir.

– E esta é Grace – continuou Dotty. – Ela é um amor, chega a ser boazinha até demais!

A garota alta se abaixou para apertar a mão de Aya com muita formalidade, os olhos piscando de nervoso.

– Na verdade, eu sou a girafa da turma – disse ela. – Membros longos demais, meio estabanada… O que torna meu nome irônico, eu sei!

Aya sentiu a mão de Grace apertar a sua calorosamente. Fez com que se lembrasse de Assia, uma de suas colegas de turma na escola. Ela tirava a melhor nota em todas as provas de ciências, mas tropeçava no próprio pé no basquete. A família de Assia havia deixado Alepo antes do cerco. Fugiram durante a noite. Um dia, Aya apareceu na escola e a carteira de Assia estava vazia. Ela havia ido embora, simples assim. A família inteira partira para a Alemanha, Aya descobriu mais tarde. Tinham parentes morando lá. Ela nunca mais teve notícias de Assia.

– E esta é Blue – Dotty continuou. – A aluna mais colorida da turma! Blue sorriu.

– Eu sei, é um nome bobo. E é duplamente confuso por causa do meu cabelo – ela ergueu uma mecha de cabelo cor-de-cobre e suspirou. – Meus pais... ah, eu sei lá o que eles estavam pensando!

– Você deveria se chamar Red – Dotty interrompeu, prestativa. – Ou talvez Ginger... É um bom nome para uma dançarina! Não uma dançarina de balé, claro. É descolado demais para quem dança balé!

– No final das contas, eu combino tanto com meu nome quanto Grace combina com o dela! – disse Blue, encolhendo os ombros com um ar espirituoso.

– Por outro lado, as pessoas estão sempre me dizendo o quanto meu nome combina comigo – Dotty disse.

Ela havia soltado os cabelos cacheados, libertando-os do rabo de cavalo apertado que usava antes, de modo que emolduraram sua cabeça como uma auréola.

– Porque significa desmiolada, distraída, piradinha – Dotty fez uma série de gestos girando a cabeça e as mãos para provar seu argumento, e Aya se viu sorrindo.

– Então você aprendeu a dançar no lugar de onde veio? – Aya ergueu os olhos e viu Ciara a observando atentamente do outro lado do saguão.

– Ela veio da Síria, não de Marte! – disse Dotty.

– Achei que a Síria estivesse em guerra – rebateu Ciara.

Todas as garotas olharam para Aya cheias de curiosidade, e a menina sentiu vontade de explicar que sua vida havia sido como a delas um dia; que ela não havia nascido em condição de refugiada e não era tão diferente delas. Pelo menos não antes. Em uma época distante. Mas tudo o que conseguiu dizer foi:

– Nem sempre foi assim.

Ela pensou em seus antigos colegas de classe – espalhados pelo mundo, perdidos, desaparecidos – enquanto essas meninas dançavam, sem fazer a menor ideia da guerra que estava acontecendo em um país distante e encarando-a com curiosidade, enxergando-a como uma estrangeira.

– Xô, xô, xô! – disse madame Sylvie na porta, dispensando as meninas. – Vocês não têm casa? Hora de ir!

As meninas pularam, agarrando bolsas e sapatos, recolhendo pompons e grampos de cabelo que se espalhavam pelo chão.

– Vejo você amanhã, Aya! – gritou a pequena Lilli-Ella.

Um coro de outras despedidas se seguiu enquanto as novas colegas desciam as escadas.

– Opa! Tenho que correr! – disse Dotty, pondo-se de pé e seguindo as outras. – Mas trago um *collant* para você amanhã, certo?

Aya queria implorar para que ela não o fizesse, mas as palavras não saíram. E então todas foram embora. Ela estava sozinha novamente, parada no saguão, com a frase "Vocês não têm casa?" ecoando em sua mente.

Uma pergunta tão simples para a qual ela não tinha resposta. Aya moveu o pé em um círculo lento pelo chão, depois desceu as escadas.

11

Às vezes, à noite, Aya sonhava que estava dançando na Síria outra vez. Na maioria das vezes ela se via no jardim que ficava na cobertura do antigo prédio onde morava, ou no Parque Maysaloon, aonde o pai costumava levá-la aos domingos à tarde – especialmente depois que a mãe engravidara, para lhe dar "um pouco de paz e sossego". Às vezes ela se via no estúdio de madame Belova, arrastando a areia sob o cetim das sapatilhas de ponta. Depois de um sonho como esse, Aya sempre acordava com uma espécie de dor fantasma, como se se lembrasse de um braço ou de uma perna que já não estava ali... algo que antes fazia parte dela, e agora havia desaparecido.

Naquela noite, contudo, ela sonhou que estava dançando no estúdio da senhorita Helena e acordou com um sorriso no rosto pela primeira vez em... sabe-se lá quanto tempo.

A sensação não durou muito. O nariz de Moosa estava escorrendo, e seu bumbum estava dolorido, porque as fraldas haviam acabado. Ele reclamava e choramingava enquanto Aya tentava vesti-lo.

– Vamos arrumar umas fraldas novas para você, Moos – disse ela. A menina passou a falar em inglês com o irmão tanto quanto podia, ensinando-o como o pai lhe ensinara. – E uma pomadinha para o seu traseiro também. Aya vai fazer melhorar, ok? – E beijou a ponta de seu nariz rosado e ranhoso, enquanto o menino fungava e olhava para ela com aqueles olhos grandes e úmidos, partindo o coração da irmã em mil pedaços.

– *Bet-ter*[14] – ele murmurou em inglês.

– Isso mesmo! – disse Aya, beijando-o novamente. – Eu prometo!

Mas, quando ela desceu, deparou-se com um problema. O dono do albergue gritava com a mãe dela, que chorava, confusa, sem entender o que ele dizia. O homem agitava os braços agressivamente, apontando para um pedaço de papel bem na frente do rosto dela.

– Minha mãe não fala inglês – explicou Aya, colocando-se entre eles e tomando o papel do dono do albergue. – Por favor, converse comigo.

– O quarto não foi pago. Sem pagamento, sem quarto – disse o homem, olhando Aya de cima a baixo com aquele olhar que ela já tinha visto antes. Era pior do que ser invisível. Um olhar que a fazia sentir-se como uma grande inconveniência, um fardo. Ela tentou lembrar-se do que o assistente social havia dito sobre documentos, benefícios de subsistência e subsídio de moradia, palavras que ela não havia entendido ao certo.

– Nossos documentos... ficam se perdendo – ela tentou explicar. – E mamãe tem estado doente.

– Olha, não estou interessado nas suas historinhas tristes. Preciso do dinheiro até o final da semana ou vocês serão expulsos.

O homem era calvo, tinha um rosto avermelhado e usava uma camiseta manchada que não cobria sua barriga inteira. Ele fez Aya se lembrar do terrível professor de matemática substituto, que assumiu as aulas depois de o senhor Attia ser pego nas manifestações e parar de ir à escola; Samia dizia que ele tinha um alienígena crescendo na barriga.

– Mas você não pode fazer isso – disse Aya, com o cenho franzido, tentando agir como se soubesse do que estava falando, embora não fizesse a menor ideia. – Não temos para onde ir.

– Isso não é problema meu! Estou farto de ver vocês, refugiados, virem para cá e se aproveitarem de nós. Resolva isso ou encontre outro lugar para ficar. – Ele se virou, balançando a cabeça em desaprovação.

---

[14] "Melhor" ou "melhorar" em inglês.

Aya não traduziu a última parte para a mãe. Em vez disso, ela tentou imaginar um alienígena rastejando para fora da barriga do homem e devorando-o inteiro, exatamente como o desenho que Samia havia feito do terrível professor de matemática. Por algum motivo, o pensamento não a fez sentir-se melhor. A sensação agradável e feliz com a qual ela havia acordado também desapareceu.

– Vamos – disse ela, colocando Moosa no quadril, e o menino parou de resmungar no mesmo instante. – Vamos sair de perto desse homem desagradável e ir ver o senhor Abdul, o que acha? E a senhora Massoud também, e a simpática Sally, aquela que disse que você se parecia com o sobrinho dela e lhe deu o bolinho, sabe? Quem sabe ela tem outra coisinha para você, Moosie?

Moosa deu uma risadinha e agarrou o cabelo da irmã, enrolando-o nos dedos.

Ela se virou e tocou o braço da mãe delicadamente. Seu rosto estava vermelho e manchado, seus olhos pareciam muito cansados.

– Você é uma boa menina, Aya – disse a mãe, dando tapinhas distraídos na mão da menina.

– Vou falar com alguém do centro – disse Aya. – Sally... ou o assistente social. Sobre o aluguel e os documentos. Eles vão nos ajudar e resolver isso tudo. Vai ficar tudo bem, eu prometo.

12

Cinco horas depois, ela ainda estava sentada no centro comunitário, observando o relógio na parede marcar quase uma hora da tarde. Eles ainda não tinham visto o homem que Sally indicara para instruí-los sobre o subsídio de moradia, e não havia nem sinal da senhorita Helena.

– Quanto tempo você acha que já passamos sentados esperando por atendimento até hoje, senhorita Aya, minha professora? – perguntou o senhor Abdul. Ele precisava conversar com alguém sobre os remédios para sua artrite, mas ninguém parecia saber com quem ele deveria falar. Todo o centro era gerido por voluntários, e havia sempre pessoas demais, problemas demais e tempo de menos.

– Semanas e semanas – disse Aya com um sorriso.

– E meses... e anos... – senhor Abdul continuou com uma voz melodiosa.

– Vidas inteiras! – disse Aya, e os dois riram.

– Esperando e esperando mais um pouco, preenchendo formulários e respondendo a perguntas – disse Abdul com sua voz profunda, rouca e cantante. – Pedindo ajuda, respondendo às mesmas perguntas vez após outra...

– Talvez eu possa ajudá-lo traduzindo – disse Aya. – Se precisar de mim, pode chamar. Sally disse que o tradutor não virá hoje.

– Obrigado, professorinha – disse o senhor Abdul, seu rosto enrugado se iluminando com um grande sorriso que surgiu como o sol por trás de uma nuvem cinzenta. – E as palavras que você me ensina estão bem aqui! – batendo nos ralos fios brancos no topo de sua cabeça. – Meu inglês vai ficar muito bom, e em breve não vou precisar de um tradutor! – Ele sorriu e acrescentou: – *Thank you ve-ry much*[15]! – em seu melhor inglês, antes de terminar com uma risada rouca.

– Mas ainda assim, se você quiser, eu posso tentar. Meu pai me ensinou...

Aya parou de falar, afastando uma lembrança espontânea de seu pai, os dois rindo de palavras em inglês que soavam engraçadas à mesa da cozinha. Ela olhou para o relógio na parede. Meio-dia e cinquenta e cinco. A senhorita Helena havia dito que falaria com a mãe antes da aula, e não havia sinal dela.

"Deve ter-se esquecido", pensou Aya. Às vezes ela se sentia como todos aqueles documentos da papelada: perdida, esquecida, espalhada pelo caminho... fora do lugar.

A mãe se sentou em um sofá – que estava caindo aos pedaços – num canto da sala enquanto Moosa brincava com uma pequena pilha de brinquedos que haviam sido doados ao centro por alguns dos voluntários. A mãe parecia um pouco melhor desde que Aya a convencera a tomar café da manhã, mas ainda parecia pequena e sem cor.

– Achei que encontraria você aqui!

Aya olhou para cima e viu a senhorita Helena. Usava um cardigã cinza-claro por cima de um vestido *tie dye* da cor de asas de borboleta. Sua chegada despertou grande interesse. O senhor Abdul se levantou, estendeu a mão e se curvou diante dela.

– Permita que eu seja apresentado à sua amiga, senhorita Aya? – disse, demonstrando exagerada cortesia.

– Esta é a senhorita Helena, a professora de dança do andar superior – Aya disse em árabe, depois mudou para o inglês. – Senhorita Helena, este é meu amigo, senhor Abdul.

---

[15] "Muito obrigado" em inglês.

— É um prazer conhecê-la — disse o senhor Abdul em árabe, pegando a mão que a senhorita Helena lhe estendeu e beijando-a cavalheirescamente. Então acrescentou em inglês, só para garantir: — *Hel-lo very much*[16]!

— Ele diz que está feliz em conhecê-la — explicou Aya.

— Foi o que pensei — falou a senhorita Helena, fixando o olhar reluzente do senhor Abdul com um sorriso. — Por favor, diga-lhe que para mim também é um prazer conhecê-lo.

Aya obedeceu, e o velho Abdul continuou a segurar a mão da senhorita Helena por um pouco mais de tempo do que Aya considerou estritamente necessário.

— E estes são meus amigos senhor e senhora Massoud.

— Uma amiga de Aya também é nossa amiga — disse a senhora Massoud, cumprimentando a senhorita Helena com uma pequena reverência.

Aya apresentou alguns outros frequentadores do centro, bem como Sally, a coordenadora voluntária sempre sorridente que dirigia o centro de acolhimento, e as duas senhoras de aparência severa do banco alimentar, que estavam preocupadas com Moosa desde que ele batera a cabeça no dia anterior.

— Ela cuida muito bem do irmão — disse uma delas.

— Que boa menina — disse a outra.

— E sua *maminka*? — perguntou a senhorita Helena, depois de feitas todas as apresentações. — Posso conhecê-la também?

Aya conduziu a professora de dança até o sofá onde a mãe estava sentada. Ela pareceu assustada quando a senhorita Helena se abaixou e estendeu a mão.

— Mamãe, esta é a senhorita Helena. — E a observou, nervosa. Não queria que a mãe ficasse chateada, embora todo tipo de coisa a perturbasse ultimamente. — Ela dirige a escola de dança que fica no andar de cima.

A mãe lançou um olhar ansioso para Aya.

— Por favor, diga à sua mãe que estou muito feliz em conhecê-la — pediu a senhorita Helena gentilmente.

---

[16] Algo como "Muito olá" em inglês, uma generalização da frase *Thank you very much*: "Muito obrigado".

Aya traduziu, e sua mãe assentiu, mas a ruga em sua testa permaneceu ali; parecia receosa. A menina tentou lembrar-se de quando aquele ar de preocupação havia surgido nos olhos da mãe. Terá sido durante o cerco? Ou depois, no campo de refugiados? Ou só mais tarde, depois do pai...?

Moosa desceu do sofá e tropeçou no saco de papéis que a senhora Massoud carregava para todo lado. Documentos relacionados ao filho desaparecido, Jimi; ela jurava que jamais deixaria de procurá-lo. A mãe o pegou no colo e pediu desculpas em árabe.

– A senhorita Helena disse que posso participar das aulas de balé dela – Aya conseguiu dizer e observou a mãe com expectativa, tentando não se permitir criar muitas esperanças.

– Não temos dinheiro para pagar aulas de dança – falou a mãe com a voz firme, pegando Moosa nos braços enquanto ele se contorcia, e repetiu com aquele olhar ansioso: – Não temos dinheiro.

A senhorita Helena não esperou que Aya traduzisse a resposta.

– Talvez você possa explicar que eu não espero receber pagamento.

Aya traduziu, ciente de que todos na sala de espera tentavam acompanhar a conversa com interesse.

– A minha ideia é que Aya passe a me auxiliar em algumas aulas para meninas mais novas – continuou a senhorita Helena. – Dotty ajuda, mas às vezes ela age mais como uma animadora de festas do que como demonstradora.

– Uma... demonstradora? – Aya não reconheceu a palavra em inglês.

– Uma ajudante – disse a senhorita Helena com um sorriso. – Assim nós estaremos... como se diz? Fazendo um favor uma à outra!

Aya explicou tudo para a mãe e por um momento – só por um momento – ela pareceu ser ela mesma; a linda, doce e jovem mãe que havia sido deixada em Alepo, aquela que aplaudia cada novo movimento de Aya e dava risada ao vê-la dançando pela cozinha.

A menina observava a mãe com o coração batendo forte no peito. Ela estava de frente para a professora Helena, e um olhar pareceu conectar as duas mulheres. Quando ela se virou para Aya, havia lágrimas em seus olhos. Ela pegou a mão da filha e a acariciou suavemente entre as suas.

– Você deve ir, *habibti*.

Habibti. Era como o pai a chamava. Significava "querida". Minha querida.

Aya tentou ler a expressão nos olhos dela.

– Mas você não precisa de mim?

– Eu vou dar um jeito – respondeu calmamente.

Moosa havia se desvencilhado da mãe e já caminhava novamente em direção à sacola de papéis da senhora Massoud.

– Mas Moosa…?

– Vai sobreviver sem a irmã mais velha por uma ou duas horas por dia – disse a senhora Massoud, pegando Moosa no colo e dando um beijo em seus cachos úmidos.

– Nós, os mais velhos, podemos ficar de olho nele – declarou Abdul, enquanto Moosa se contorcia como um peixe e gritava como um filhote de dinossauro. – Ele não deve dar muito trabalho.

Sally riu.

– Tenho certeza de que todos podemos ajudar – disse ela.

Aya olhou para a mãe. Seus olhos brilhavam e pareciam cobertos por uma névoa; Aya não conseguia ler o que diziam.

– Tem certeza de que vai ficar bem?

– Vá – disse a mãe em um tom de voz tranquilo. Ela sorriu, e por um segundo foi o sorriso de que Aya se lembrava, sem nenhuma preocupação; um sorriso acolhedor que a fez lembrar-se de casa, do cheiro do *manoushi* (o pão doce que a mãe fazia nas manhãs de domingo), da luz do sol entrando pela claraboia da cozinha, do som do rádio tocando e do pai chamando-a de "minha bailarina". – Vá dançar, Aya.

13

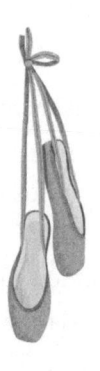

Aya subiu as escadas correndo, dois degraus por vez, e quase esbarrou com Ciara no final.

– Olhe por onde anda, refugiada!

A bolha de empolgação ao redor de Aya explodiu, e ela sentiu o estômago embrulhar. As outras meninas também estavam lá – todas exceto Dotty –, mas o sorriso no rosto de cada uma desapareceu quando Aya chegou; elas se entreolharam, sem jeito, evitando encará-la. Era como se aquela palavra – refugiada – mudasse a maneira como elas a enxergavam.

Ciara pronunciou a palavra como se fosse um insulto, do mesmo jeito que fizera o proprietário do albergue. *Refugiada*. Aya pensou na senhora Massoud, que havia perdido o filho e a filha. E no senhor Abdul, que lhe dissera ter fugido de casa sem levar nada quando os soldados chegaram e incendiaram sua aldeia. Eles também eram refugiados.

Ela queria dizer algo para impedir que as outras a tratassem diferente; dizer que ela era apenas uma garota normal, como elas, e que não fora decisão sua ter a vida virada de cabeça para baixo. Mas as palavras não saíam.

– Você chegou!

Dotty subiu as escadas correndo, sem fôlego e sorrindo.

– E eu não cheguei atrasada pela primeira vez. Tome aqui, são para você – colocando uma pilha de roupas nas mãos de Aya: três *collants* que pareciam quase novos e três pares de meias de balé imaculadas.

O estômago de Aya se revirou novamente e ela sentiu um calor tomar conta de seu rosto.

– Eles não servem mais em mim – disse Dotty. – E você é muito mais miudinha do que eu!

Ciara abriu um sorrisinho maldoso enquanto as outras meninas se ocupavam de amarrar as sapatilhas e ajeitar os cabelos. Aya sabia que Dotty estava tentando ser legal, e os *collants* eram lindos, mas de alguma maneira recebê-los era pior do que ouvir o insulto de Ciara. Aquilo a fazia sentir-se como um caso de caridade; uma pobre e vulnerável refugiada.

– Obrigada – ela disse baixinho, com o rosto vermelho. Dotty não pareceu dar-se conta de seu desconforto.

– Vamos, vá se trocar ou vai acabar se atrasando. A senhorita Sylvie está se aquecendo!

Mas Aya demorou para se preparar. Ela levou os lindos *collants* para o banheiro e se trancou em um cubículo. Quando saiu de lá, as outras já estavam no estúdio. Aquela sensação pesada de ansiedade em seu estômago a deixava enjoada.

– O que você está vestindo?

Ela podia ouvir Ciara dando risada. Sentia as outras garotas a encarando. Seu rosto queimava, mas ela não ergueu os olhos.

A senhorita Sylvie ergueu as sobrancelhas.

– Sem *leggings* na aula, por favor. Tire-as.

– Eu... – o nó no estômago de Aya se apertou. Ela pensou que estava prestes a vomitar, mas continuou olhando para baixo.

– Suas pernas precisam estar nuas. Você pode, no máximo, usar meias-calças, para que eu consiga observar se seus músculos estão trabalhando corretamente – explicou a senhorita Sylvie.

Aya se deu por vencida, sentou-se no chão e tirou as calças lentamente. Ela não ergueu os olhos nem disse uma palavra sequer enquanto arrancava a perna direita das calças, e hesitou antes de expor o ferimento da panturrilha esquerda.

A menina ouviu Lilli-Ella perder o ar, surpresa, e Ciara fazer um som que parecia um soluço ou uma risadinha. Aya mordeu o lábio para conter as lágrimas que já se acumulavam em seus cílios. Ela se recusava a chorar. Não deixaria nenhuma delas vê-la derramar uma única lágrima, principalmente Ciara.

A cicatriz lívida descia pela parte de trás da panturrilha esquerda. Roxa e azulada, entrecruzava seus músculos como um rio furioso; feia, desfigurante. Aya desviou os olhos para não ter de olhar para ela.

A senhorita Sylvie deu um passo em sua direção, mas a menina não ergueu os olhos. Não conseguia olhar para ela.

– Entendo – disse a senhorita Sylvie. – Você deveria ter dito. Estilhaços?

Aya assentiu.

A senhorita Sylvie se abaixou e levantou a perna de Aya, girando-a habilmente sob o escrutínio de seu olhar.

– Algum dano permanente?

– Acho que não. Meu pai... – Aya hesitou. Seu estômago se apertou como sempre acontecia quando ela o mencionava. – Ele disse que não haverá danos... a longo prazo.

As outras garotas ficaram em silêncio. Nem mesmo Ciara ria. Mas Aya sabia que todas elas continuavam a encarando, sentindo pena dela, a refugiada, o caso de caridade, a criança da guerra, a vítima...

– Talvez você prefira usar meias-calças – disse a senhorita Sylvie.

– Não! – a voz aguda da senhorita Helena soou, e a pequena mulher apareceu do outro lado do estúdio. – Devemos exibir nossas cicatrizes com orgulho – declarou –, pois elas carregam a história do nosso sofrimento e da nossa sobrevivência. Não é verdade, Aya?

A menina olhou para ela. Era como ver seu próprio rosto no espelho, avermelhado, os olhos brilhantes. Ela se lembrou do pai dizendo algo semelhante a uma paciente que havia tido o rosto gravemente queimado após ser atingida por uma bomba caseira, ficando desfigurada. "Suas cicatrizes mostram que você é uma sobrevivente", ele lhe dissera. Aya não havia entendido aquilo na época e ainda não tinha certeza se entendia agora. Mas ela acenou com a cabeça para a senhorita Helena, expressando sua gratidão, com a garganta apertada demais para dizer qualquer coisa.

– E estas são para você – a senhorita Helena segurava um par de sapatilhas de balé; couro rosa e limpo, sem uso, elásticos cuidadosamente costurados no lugar adequado.

Aya olhou nos olhos da senhorita Helena por um segundo, depois esticou a perna em que carregava a cicatriz; viu as linhas brancas e lívidas refletidas no espelho, contando histórias que ela preferia manter escondidas.

– Muito bem – disse a senhorita Sylvie enquanto Aya calçava as sapatilhas novas. – Vamos começar.

Alepo, Síria
Houve muitos outros bombardeios em Alepo após aquele primeiro. No nono aniversário de Aya, os rebeldes e o governo travavam uma batalha constante, lutando pelo controle da cidade. O governo usou jatos e helicópteros para atacar o bairro onde Aya e sua família viviam – que ficava na região leste e era controlado pelos rebeldes –, enquanto os insurgentes bombardeavam o reduto do governo na parte oeste da cidade. E então os russos começaram a bombardeá-los também. A certa altura, o Estado Islâmico entrou na guerra; Aya não sabia ao certo de que lado eles estavam. Às vezes, jatos americanos sobrevoavam a região. O pai tentou explicar tudo para ela – de que lado estava cada um –, mas era muito complicado de entender.

Sua amiga Samia dizia-se capaz de perceber a diferença entre uma bomba do governo e uma bomba russa apenas pelo som da explosão; mas Samia dizia todo tipo de coisa, especialmente desde que o seu irmão Rami havia sido preso. Ela afirmava que seria a primeira síria astronauta no espaço, que seu hamster carregava o espírito de Elvis Presley e que ela ia montar uma operação de resgate secreta para libertar Rami do lugar onde estava detido, não importava onde fosse. Então, sabe-se lá! Nunca dava para prever o que viria de Samia.

Naquela época, a mãe de Aya já estava grávida de Moosa. Se ela não estivesse, a família teria deixado a cidade mais cedo, e então a menina não estaria brincando na rua naquele dia; tudo teria sido diferente.

Samia estava lá. E Kimi trouxera sua irmã mais nova, Ifima, que acabara de começar a fazer aulas de balé infantil no estúdio de madame Belova. A garotinha estava sentada na calçada, brincando com uma Barbie novinha, enquanto as crianças mais velhas brigavam pela bola. Foi Kimi, geralmente muito calada, quem apostou com os meninos que as meninas poderiam vencê-los no futebol; mas acontece que elas eram melhores nas piruetas do que nos pênaltis!

Aya estava prestes a chutar para o gol quando o bombardeio aconteceu. Kimi e Samia torciam por ela, até que suas vozes foram abafadas por um som ensurdecedor.

Ela se lembrava de ter sido jogada no chão e de sentir escombros caindo como neve. Lembrava-se do som que parecia quase estourar seus tímpanos. Lembrava-se da dor. E de mais nada. De repente, nada.

Quando ela olhou para cima, as crianças da vizinhança pareciam fantasmas pálidos, andando em meio a uma névoa de poeira. Ela podia ouvir gritos e pedidos de socorro. Sua perna parecia não funcionar mais; estava coberta de poeira branca e sangue vermelho. Aya não conseguia sentir nada.

Então ela viu.

Outro estilhaço havia atingido a irmã mais nova de Kimi, Ifima, tirando-lhe a vida no mesmo instante. A boneca Barbie continuava ali, caída na poeira ao lado dela. Kimi era um fantasma branco agachado ao lado dela, embalando-a, sua voz um lamento agudo de angústia. Samia a envolvia com os braços, ambas pálidas como nuvens.

A senhorita Helena havia dito que é preciso exibir as cicatrizes com orgulho porque elas mostram que você sobreviveu. Mas Aya sabia que elas também evocavam aqueles que não tiveram a mesma sorte.

14

– Ei, vai ser muito esquisito se eu perguntar o que aconteceu com a sua perna? – perguntou Dotty.

As outras meninas saíram depressa no final da aula.

– Você foi incrível hoje – disse Grace, tímida.

– Sim, parabéns – acrescentou Lilli-Ella com um rubor estranho. – Especialmente porque... Ah, você sabe. – E olhou para a perna de Aya.

Mas então Ciara agarrou Lilli-Ella pelo braço e sussurrou algo enquanto desciam as escadas, Grace e Blue atrás delas, e de repente todas estavam rindo, deixando Aya parada no topo da escada. Ciara olhou para trás com um sorriso maldoso, e foram todas embora.

Dotty e Aya ficaram para ajudar com a turma mais nova, e Dotty insistiu em compartilhar seu almoço enquanto as duas esperavam.

– Não precisa me contar o que aconteceu se não quiser – disse Dotty, mastigando um sanduíche de manteiga de amendoim e maçã. – Não é da minha conta, e estou basicamente me metendo onde não fui chamada, então se eu estiver sendo mal-educada ou dizendo a coisa mais ofensiva do mundo, apenas me mande calar a boca. Todo mundo faz isso, eu não ligo nem um pouco.

– Foi uma bomba – Aya disse baixinho. – Eu estava brincando na rua com meus amigos e... houve uma explosão.

– Uau! Alguém... morreu? – Dotty fez uma careta. – Ou é estranho da minha parte perguntar?

Aya apenas assentiu, pensando na pequena Ifima, toda orgulhosa em seu *collant* azul-claro na primeira aula de dança. A expressão de Dotty mudou.

– Me desculpe, eu não deveria ter perguntado – disse Dotty. – É só que... sua vida faz a minha parecer muito chata. Tipo... é sempre escola, balé, escola, comer, dormir, dever de casa, mais balé.

Aya não olhou para ela.

– Parece... legal.

– Claro, você tem toda a razão. – Dotty suspirou teatralmente. – Comparada à sua, minha vida é segura e tudo o mais. – Mas ao dizer isso ela suspirou outra vez e mordeu seu sanduíche com um semblante tristonho.

As duas ficaram em silêncio por um tempo. O tique-taque do relógio e o som do encanamento soavam altos e insistentes. Dotty compartilhou um pacote de uvas-passas com Aya, e elas continuaram sentadas mastigando a fruta doce e pegajosa em silêncio.

– Então... hum, onde você estuda? – Dotty acabou perguntando. – Tipo, eu sei que estamos em férias de verão agora, mas, quando o semestre começar...

– Em lugar nenhum – Aya respondeu.

– É sério? Eu achava que todo mundo precisava ir para a escola.

– Se pudermos ficar no Reino Unido, talvez eu consiga encontrar uma escola – disse Aya. – E um berçário para Moosa.

– É o seu irmão mais novo, certo? – Aya assentiu. – Eu sempre quis ter um irmão – disse Dotty com um sorriso. – Alguém para compartilhar o peso esmagador das expectativas dos pais!

Aya olhou para ela com curiosidade. Dotty estava sorrindo, mas sua expressão não tinha nada do brilho habitual. No instante seguinte ela se iluminou outra vez.

– Então a senhorita Helena lhe contou toda aquela coisa de "sempre contei muito com a bondade de estranhos?"

Ao dizer isso, Dotty adotou uma pose estranhamente semelhante à da senhorita Helena: queixo erguido, cabeça inclinada, olhos brilhantes e penetrantes, um leve sotaque do Leste Europeu. Ela saiu caminhando, seus movimentos refletindo exatamente os da professora de dança, declamando:

– "Eu vim para este país com nada além de sapatos nos pés e vontade de dançar."

Aya não pôde deixar de sorrir quando Dotty voltou a si.

– Sabe, a senhorita Helena era uma ótima dançarina no tempo dela – Dotty apontou para uma foto emoldurada na parede.

– Essa é a senhorita Helena?

Aya se levantou para olhar mais de perto a imagem desbotada em preto e branco de uma bailarina vestindo um tutu branco como a neve, belíssimo. Ela se mantinha em *arabesque*, como um pássaro alçando voo.

– Ah, sim. Você já deve ter ouvido falar de Helena Rosenberg. Ela dançou no mundo inteiro.

O nome era familiar em seus livros de balé. Aya inclinou a cabeça para o lado e tentou traçar o semblante da mulher mais velha no rosto da jovem bailarina.

– Ela veio para a Inglaterra durante a guerra – continuou Dotty. – Não a sua guerra. Aquela que aconteceu há um milhão de anos. Com Hitler e tudo o mais.

Aya continuou olhando para a fotografia. A senhorita Helena era uma emigrante da guerra, assim como ela.

– Sim, ela foi uma refugiada judia – disse Dotty. – Pelo menos foi isso que minha mãe disse, eu acho.

Dotty suspirou outra vez – um suspiro que Aya não conseguia entender. Ela queria lhe fazer mais perguntas, saber mais a respeito da senhorita Helena, da família de Dotty... mas naquele momento a primeira das meninas subiu as escadas e a oportunidade foi perdida.

Talvez Aya não fosse a única com uma história para contar.

15

A regra na escola de dança, segundo Dotty, era que os pais só podiam deixar e buscar as crianças. Até os menores bailarinos tinham de calçar os próprios sapatos e cuidar dos seus pertences.

– A senhorita Helena acha que isso nos torna autossuficientes – explicou a garota. – Mas acho que é principalmente para acabar com toda aquela pressão dos pais durante as aulas. O que funciona muito para mim!

Dotty sorriu antes de se voltar para as crianças que se aglomeravam ao seu redor: pequenas bailarinas de cinco e seis anos, com suas barriguinhas redondas, pernas e braços macios em pequenos *collants* cor-de-rosa, que viam as meninas mais velhas como primeiras bailarinas. Aya se lembrava de ter enxergado as garotas crescidas da mesma maneira quando começou a frequentar o estúdio de madame Belova.

Lembrou-se da pequena Ifima olhando para ela daquele jeito também.

– Quem é sua amiga, Dotty? – perguntou uma menininha, com os óculos azuis e redondos apoiados no nariz sardento.

– Esta é Aya. Ela vai ser ajudante também, Colette!

– Ela sabe dançar tão bem quanto você, Dotty?

– E ela é tão engraçada quanto você, Dotty?

– Ah, ela sabe dançar muito melhor do que eu, Ainka! – Dotty riu. – Esperem só, vocês vão ver.

– Quando você vai nos deixar e ir para a Royal Northern, Dotty? – perguntou uma garotinha loira com tranças francesas muito bem arrumadas e a roupa de baixo aparecendo nas laterais do *collant*.

– Primeiro preciso passar pela audição final, lembra, Margot?

Aya olhou com curiosidade para Dotty, que retribuiu o olhar e encolheu os ombros.

– O que é uma audição, Dotty? – perguntou a primeira garotinha, os óculos escorregando do nariz enquanto ela falava.

– É como um teste de ortografia ou um exame de balé – disse Dotty. – Só que muito mais assustador!

– Mas você nos disse que queria ser atriz, Dotty – disse Colette com uma pequena carranca. – Uma atriz que canta e dança!

– Sim, eu disse, não foi? – respondeu Dotty, aquela sombra enevoando seu rosto novamente. – Se eu não entrar, talvez ainda possa ser uma. Ainda dá para sonhar!

Aya olhou para Dotty com curiosidade outra vez, mas não disse nada.

– Você também vai, Aya? – questionou a garotinha que Dotty chamara de Ainka: pequena, pele cor de ébano e olhos tão brilhantes quanto duas bolas de gude. Ela havia segurado a mão de Aya e não soltou mais.

– Não... eu sou...

– Deveria – disse Dotty. – Ela é tão boa! Faz as piruetas mais lindas que já vi.

– Aquela que gira bem rápido? – perguntou Margot, com os olhos brilhando enquanto olhava para Aya. – Queria saber fazer isso!

Aya lembrou-se do quanto havia se esforçado para conseguir fazer o complexo movimento. Madame Belova a mandava fixar os olhos em um ponto da parede, mantendo o queixo nivelado. "Atrase um pouco a virada da cabeça", dizia, "depois rapidamente direcione-a para a frente do seu corpo, assim você não ficará tonta. Isso mesmo. Mantenha os ombros nivelados e os quadris retos. É isso! Perfeito!" Aya se lembrou de praticar repetidas vezes no terraço de sua casa, fixando os olhos no minarete da Mesquita Maysaloon enquanto o sol se punha sobre os telhados, sentindo a poeira debaixo dos pés, ouvindo os sons da cidade... o chamado para a oração, o trânsito na rua, o leve zumbido do rádio da mãe. Girando, girando.

– Por muito tempo eu não consegui fazer isso – disse às meninas.

– E você precisa vê-la agora! – sorriu Dotty. – Ela é quase uma super-heroína síria rodopiante!

A senhorita Helena tinha uma abordagem bem diferente com a turma mais nova. Um pouco mais delicada, talvez, ao mesmo tempo que as incentivava a darem o seu melhor.

– Umbigos para a frente, minhas meninas – dizia ela, agachando-se para olhar os pés das bailarinas enquanto praticavam "dedos bons" e "dedos maus", esticando os braços e empurrando suavemente as barriguinhas.

Ela olhou para Dotty e tocou-a de leve enquanto passava.

– Levante o queixo só um pouquinho mais, Dotty. Vejam como levantar o queixo a deixa ainda mais parecida com uma princesa, meninas!

Colette tinha uma expressão sonhadora, e seus óculos escorregavam do nariz enquanto ela dançava; Margot parecia um bebê suricato, cambaleando nos *développés*[17], enquanto a pequena Ainka batia no chão com os pés como um filhote de elefante.

A senhorita Helena, por sua vez, tratava todas elas como primeiras bailarinas.

– Quando eu era uma garotinha, há muito, muito tempo, em uma cidade muito, muito distante daqui, eu ficava o tempo todo apoiada em uma perna só, como um... como se chama? Um flamingo! Ficava assim no parquinho, na fila das lojas – ela contou, fazendo a pose de flamingo, e as pequenas caíram na risada. – Minha *maminka* perguntava: "O que está fazendo, menina?", e eu respondia: "Nada, *Maminka*!", mas continuava naquela mesma pose todos os dias. E foi assim que o meu equilíbrio ficou tão bom!

---

[17] Movimento em que a perna se eleva a partir de um *cou de pied* ou de um *retiré* até uma posição aberta, a 45° ou 90°, seja para a frente, seja para o lado ou para trás.

As pequeninas olhavam para ela com os olhos arregalados, tentando imaginar aquela velha senhora como uma garotinha em uma terra distante. Aya também tentou imaginar. A velha senhora... a linda bailarina da foto... a garotinha de muito tempo atrás que cresceu em um país devastado pela guerra, assim como a própria Aya. De onde Dotty disse que ela vinha mesmo?

– Então um dia não pudemos mais ir à escola, minha irmã Elsa e eu – continuou a senhorita Helena, ainda na posição *retiré*, sem cambalear nem um pouquinho.

– Por que vocês não puderam ir à escola? – perguntou Ainka.

– Ah, porque uns homens maus disseram que não podíamos mais aprender junto com as outras crianças – falou a senhorita Helena com um aceno, como se essa não fosse a parte importante da história. – Mas Elsa e eu não nos importamos. Passamos aquele dia inteiro, e o dia seguinte, e muitos dias depois, aprendendo tudo o que podíamos em casa. Mas, em vez de fazer isso sentadas, com o bumbum na cadeira, ficávamos de pé em uma perna só. Assim! – E estendeu o pé graciosamente em um *battement fondu*, o braço e a perna chegando juntos na segunda posição, todo o movimento suave e sem esforço.

– O que aconteceu depois, senhorita Helena? – perguntou a pequena Colette.

– Ficamos muito boas em nos equilibrar numa perna só! – respondeu a professora com um sorriso. – Mas não tão boas em matemática!

E riu, abaixando a perna, seus pés voltando com precisão para a quinta posição.

– Agora vamos apertar bem esses bumbunzinhos, meus amores. Queremos flamingos, não patinhos feios. Você também, Aya. E sua perna pode ficar um pouquinho mais reta. Ótimo! Vejam, agora as pernas dela parecem dois lápis. É isso o que queremos.

Somente a pequena Margot perguntou sobre a cicatriz na perna de Aya, e logo mostrou-lhe os machucados que fizera nos joelhos.

– Eu caí no parquinho e ficou assim. Você também caiu, Aya?

Aya apenas assentiu e sorriu.

– Sim. Eu também caí.

Ela adorava a maneira como as pequeninas a viam apenas como mais uma bailarina. Não uma refugiada. Uma inconveniência. Uma vítima. Apenas uma garota crescida de *collant* que sabia fazer piruetas. Ela desejou que as meninas mais velhas pudessem agir da mesma maneira.

– Agora vou contar uma história para vocês – disse a senhorita Helena enquanto as pequenas se reuniam à sua volta para aprender a nova dança – sobre uma garotinha que na véspera de Natal é levada para a terra dos bonecos. É possível que já conheçam essa história.

Algumas das meninas assentiram, outras se mantinham atentas, com os olhos arregalados de expectativa. Aya sorriu. Seu pai a levara para ver Ahmad Joudeh dançar *O Quebra-Nozes*, no Instituto de Artes Dramáticas de Damasco, durante o festival de dança. Foi no seu aniversário de seis anos, antes de qualquer guerra começar, quando ela havia acabado de começar o balé. Ela se lembrou da longa e escura viagem para casa, meio dormindo, meio sonhando com os bailarinos no palco. Os faróis dançando na estrada, os braços quentes do pai carregando-a para a cama, cantarolando a música. Mas ela se lembrava principalmente das figuras girando no palco, da maneira como transformavam a música em magia, parecendo algodão-doce.

– Este é o momento em que a menina, Clara, é levada para uma nova terra, muito distante – explicou a senhorita Helena. – Ouçam a música com atenção e tentem identificar a história dela. Deve ter sido muito assustador ser levada para longe de casa, não é?

As notas de *O Quebra-Nozes* se espalharam pela sala, e Aya sentiu o bater de asas de uma borboleta em seu estômago. A música agora era a mesma daquela noite há muito tempo. No teatro, sentada ao lado do pai, com um vestido rosa novinho em folha, vendo a história se desenrolar como mágica.

Ahmad Joudeh, o maravilhoso dançarino que desempenhou o papel do príncipe encantado, mais tarde dançou nas ruínas do bombardeado Teatro Palmyra antes de fugir da Síria. Aya havia lido em algum lugar que agora ele dançava na Holanda. Sua história teve uma espécie de final feliz.

– Ouçam a história nas notas musicais – disse a senhorita Helena às pequeninas. – Vocês devem sempre contar uma história enquanto dançam.

– Como contamos histórias sem palavras, senhorita Helena? – questionou Ainka.

– Com os dedos das mãos, com os pés, com os contornos do seu corpo, com os olhos – respondeu. – A técnica, os passos, a precisão, tudo isso é importante. Mas permitir-se sentir ao contar a história com a sua dança é o que mais importa.

Alepo, Síria
Foi depois que Aya se recuperou do ferimento causado pelo estilhaço – e logo voltou a dançar – que o pai começou a fazer planos para sair da Síria.

Só se falava em ir embora; muitas famílias já haviam partido. A cidade onde Aya viveu toda a sua vida já não parecia segura, havia bombardeios o tempo inteiro. Bombas caseiras eram armadas, havia tiroteios nas ruas, além da ameaça de incursões das forças do EIIS. O estúdio de dança de madame Belova foi atingido, e ela teve de se mudar para o porão do centro comunitário, onde usavam cadeiras em vez de barras, e onde não havia espelhos, às vezes nem eletricidade, apenas a luz baixa de velas e um CD player cujas pilhas acabavam rápido, de modo que madame Belova precisava cantarolar as músicas mais conhecidas.

Ainda assim, Aya não queria ir embora.

– Depois que o bebê nascer e mamãe estiver bem, nós vamos embora – *o pai comunicou a Aya no café da manhã certa vez, depois de um bombardeio particularmente grave.*

– Mas e minhas aulas de dança? – *Naquela época, Aya só conseguia pensar em balé. A guerra, as bombas, nada disso parecia tão importante quanto dançar, e ela não suportava a ideia de sair do estúdio de madame Belova. Justo quando sua perna havia melhorado. Ela já havia perdido tempo demais.*

– Existem escolas de dança na Inglaterra! – *O pai disse, e sua boca se abriu em um sorriso, mas seus olhos amendoados pareciam cansados e ansiosos.* – Há outras professoras de dança também.

– Mas elas não vão ser madame Belova! – *Aya insistiu, com lágrimas nos olhos.*

O pai a envolveu com seus braços.

– Habibti – disse. – Mesmo quando você não podia ir às aulas por causa da perna, mesmo quando estava deitada na cama, você ainda dançava. Eu percebi. Ainda que não estivesse de pé, você dançava mentalmente, inventando histórias com os dedos das mãos e dos pés. Posso jurar ter visto seus braços fazer repetições enquanto você dormia. Isso é o que significa ser bailarina. A barra, o estúdio... são apenas acessórios.

Aya tentou sorrir, mas ainda se sentia ansiosa. O pai a abraçou ainda mais forte.

– Não é mais seguro ficar aqui. Precisamos sair enquanto ainda podemos – disse ele. – Mas, aonde quer que formos, onde quer que seja nossa próxima casa, você sempre dançará, habibti, *porque a dança está no seu coração. Você a leva consigo para todos os lugares.*

– Promete, papai?

O pai ergueu o queixo de Aya para que ela olhasse em seus olhos, e desta vez o sorriso dele estava também no olhar.

– Prometo, habibti!

16

Após a aula, Aya perguntou a Dotty o que as pequenas haviam dito. As duas estavam do lado de fora do centro comunitário, esperando a carona de Dotty. Aya levara Moosa consigo, e o menino dormia em seu carrinho, com o rosto e as mãos ainda pegajosos do sorvete que as senhoras do banco alimentar haviam lhe dado.

– Minha mãe está sempre atrasada – Dotty disse –, mas ela nunca tinha me *esquecido* de verdade! Pelo menos não até hoje.

As meninas se sentaram no muro baixo de tijolos vermelhos, Dotty arrastando os pés ritmicamente pela calçada de concreto. O dia estava quente, o que Dotty disse ser bastante incomum em Manchester.

– Acho que chove, tipo, a cada dois dias, e o dobro em anos bissextos, ou algo parecido. Eu li isso em algum lugar – disse ela, que usava uma jaqueta *bomber* com estampa de leopardo, *leggings* com estampa de quadrinhos e tênis Converse incrustados de pedrinhas brilhantes. A estranha combinação lhe caía muito bem. – Só estou dizendo para você não se acostumar muito com o sol, sabe? – acrescentou sorrindo.

Aya às vezes se perguntava se algum dia chegaria a se acostumar com alguma coisa em Manchester. Até as cores eram muito diferentes das de casa. O concreto cinza, os tijolos vermelhos, o céu branco, os espaços de grama verde. Além disso, a Inglaterra também tinha um cheiro diferente. Ela se perguntava se cada país tinha seu próprio cheiro, um aroma que fazia os habitantes locais se sentir em casa, e os estrangeiros... não.

– É verdade que você tem uma audição? – ela pronunciou a palavra desconhecida, olhando para os próprios pés. As sandálias velhas da mãe em seus pés não tinham graça nenhuma perto dos novos e reluzentes tênis Converse de Dotty. – Para uma escola de balé? A Royal Northern?

Dotty suspirou alto.

– Sim. Por que você acha que passo tanto tempo da minha vida aqui nessa época? Tipo, eram para ser as férias de verão, e eu estou aqui todos os dias!

– Isso é... maravilhoso. Quando é essa audição?

– Já tivemos a pré-seleção – disse Dotty encolhendo os ombros. – As audições finais serão daqui a três semanas.

Aya olhou para a pequena fileira de lojas em frente ao centro comunitário e para os arranha-céus que se erguiam atrás delas, com as janelas de vidro brilhando ao sol. Era difícil não comparar aquilo tudo com sua casa. Esta era uma cidade onde os sonhos não haviam se transformado em fumaça e escombros.

– Mas na verdade você não quer ir? – disse Aya.

– O que te faz dizer isso?

Aya não sabia ao certo como explicar. Dotty parecia mais viva fora do estúdio do que dentro dele, seus olhos ficavam nublados quando ela falava sobre a audição.

– Colette disse que você quer ser atriz.

– Não é que eu não goste de dançar – respondeu Dotty. – Eu gosto. Só não apenas balé. O que eu realmente adoraria fazer é teatro musical. Atuar, cantar, dançar, tudo.

Então ela subiu no muro com os braços abertos, sapateando e balançando as mãos com a cabeça para trás, gritando:

– Não há nada como o *show business*! – como se estivesse no meio do palco da Broadway. Depois parou, seus ombros caíram, e ela se sentou novamente. – Mas, você sabe, não se pode ter tudo. Certo?

– Certo – concordou Aya.

– Ciara também está tentando entrar na Royal Northern – acrescentou Dotty, fazendo uma careta. – Então temos de fazer sessões extras de audição com a senhorita Helena, e além disso preciso praticar em casa, tipo, o tempo todo! Se não estou comendo, dormindo ou usando o banheiro, tenho que estar treinando.

– Em casa? – Aya olhou para Dotty

– Sim, temos um estúdio em casa. Tenho de praticar por duas horas todas as manhãs – Dotty suspirou, olhou nos olhos de Aya, encolheu os ombros e declarou: – Ok. Acho que é melhor te contar logo.

– Me contar o quê?

– Me desculpe por não ter contado antes. Tipo, você vai entender todas as outras coisas depois que eu te contar. Eu adiei o máximo que pude porque as pessoas começam a agir de um jeito muito esquisito quando ficam sabendo.

– Eu não... estou entendo.

– Minha mãe – Dotty olhou para a rua onde um homem em uma van branca discutia com o dono da loja de kebab do outro lado da rua. – Você já ouviu falar de Bronte Buchanan?

Aya balançou a cabeça, dizendo que não.

– Ufa, que alívio! – Dotty sorriu, mas continuou mexendo na manga de sua jaqueta com estampas malucas sem olhar para Aya. – Para uma mulher pequena, minha mãe é uma sombra bem grande sob a qual crescer. "A bailarina britânica mais famosa desde Darcey Bussell", é assim que todos a chamam!

– Ah! – exclamou Aya. – Entendi.

– Pois é! Todo mundo espera que eu seja como ela, primeira bailarina e tudo o mais. Só que eu não sou nem um pouco como ela! E ninguém nunca parou para perguntar se eu quero ser.

Aya olhou para a amiga. Ela não ergueu os olhos. O sorriso havia desaparecido de seu rosto.

De longe, Aya ouviu o som de uma sirene da polícia, os homens do outro lado da rua continuavam discutindo, e duas crianças passaram zunindo em patinetes com luzes nas rodas.

— Mamãe foi treinada pela senhorita Helena também, sabe? Ela "passou os anos mais felizes de sua vida" lá, como ela sempre faz questão de me lembrar. – Dotty suspirou, encolheu os ombros e ergueu os olhos com um sorriso irônico. – Então eu deveria estar me divertindo muito também. E estou tentando, mas...

Ela parou.

— Você também é uma bela bailarina – disse Aya, sem saber o que mais dizer.

— Sim, acho que sim – respondeu Dotty, sem nenhum sinal de orgulho ou arrogância. Seu tom de voz parecia, na verdade, cheio de lamento. – E o balé é o único tipo de dança que vale a pena fazer, aparentemente. "Por que alguém ia querer fazer qualquer outro tipo de dança?" É o que mamãe diz! Sapateado é cafona, dança moderna é indisciplinada, hip-hop... pfff, minha mãe não pode nem ouvir falar! Se eu ousasse mencionar que quero fazer aulas de canto e atuação, ela provavelmente teria um ataque cardíaco. Vulgar demais! Então é o que é, eu acho.

As duas meninas ficaram em silêncio por um momento. O homem do outro lado da rua entrou na van, bateu a porta e saiu cantando pneu enquanto os dois garotos da *scooter* giravam lentamente em círculos em frente à lanchonete.

— Olhe para mim, falando sem parar nos meus problemas – falou Dotty, sacudindo-se – quando sua casa foi bombardeada e você nem sabe se terá permissão para ficar na Inglaterra. Reclamar sobre a escola de balé e uma mãe exigente soa até ridículo.

— Não soa, não – disse Aya, e estava falando a sério.

— E a sua mãe – Dotty perguntou, balançando levemente a cabeça. – Como ela é, afinal?

Aya pensou em sua própria mãe: desaparecendo em vez de brilhar como uma estrela.

— Ela não está bem – foi a resposta. Uma das crianças agora fazia manobras com o patinete, fazendo-o saltar como um coelho pela calçada, com as luzes piscando. – A viagem... a deixou doente.

— Doente como? Quando isso começou?

Como ela poderia explicar que a mãe ainda estava se recuperando do nascimento de Moosa quando eles saíram de Alepo, que não havia comida suficiente, que quando chegaram ao campo de refugiados na Turquia ela estava com febre e perigosamente desidratada? Que o inverno que passaram lá foi rigoroso e centenas de pessoas morreram de frio? Como Dotty conseguiria entender tudo isso? Não parecia justo sequer contar a ela.

– Estávamos em um campo na Turquia.
– Um campo?
– Um campo de refugiados. – Aya mordeu o lábio. – Tudo começou lá. E depois disso ela ficou... ainda pior.

Dotty olhou para ela com curiosidade por um momento.
– Não somos tão diferentes, não é? Você e eu – disse ela.

Aya quis perguntar o que ela queria dizer com isso, mas no mesmo instante um carro encostou no outro lado da rua; era um 4x4 preto e brilhante com vidros escuros, um dos quais se abaixou e revelou uma mulher de aparência glamorosa. Ela tinha olhos escuros, grandes e expressivos, cabelos pretos presos em um coque elegante e um pescoço longo, esguio. Não usava maquiagem, mas seu rosto parecia brilhar como o de Dotty, embora sua pele fosse muito mais clara que a da filha. Parecia estar conversando com alguém ao telefone, pois estava distraída.

– Só um segundo, Marcus, estou buscando minha filha. Dots! Entre rápido, estou com muita pressa.

Dotty já estava de pé.
– Mãe – ela dizia, enquanto juntava suas coisas depressa –, esta é Aya, lembra? Eu te falei dela, a menina síria.

Bronte Buchanan pousou os olhos em Aya pela primeira vez, ainda distraída.
– Sim, Marcus, espere um segundo... – disse ao interlocutor invisível.

Aya estava ciente de como estava sua aparência, vestindo um dos *collants* antigos de Dotty, calças de corrida vindas direto da pilha de roupas doadas, um lenço sobre a cabeça e as sandálias esfarrapadas da mãe, calçadas às pressas. Ao seu lado, um bebezinho sujo dormindo em um carrinho velho.

– Olá... – a menina cumprimentou.

O rosto de Bronte Buchanan tornou-se inescrutável quando ela disse:
– É um prazer conhecê-la, Aya. Dotty, entre. Precisamos ir...
Então sua atenção voltou-se outra vez para o invisível Marcus.
– Sim, sim, diga a eles que vou direto ao assunto. Estou a caminho.
Dotty virou-se para Aya e deu de ombros antes de entrar no carro. O vidro escuro foi fechado e o carro partiu, deixando Aya sentada no muro baixo, sozinha mais uma vez.

17

Aya voltou para o quarto e descobriu que a mãe havia feito comida. Apenas feijão, cozido no fogão de duas bocas que havia em um canto, e algumas torradas, mas era a primeira refeição que ela preparava em muito tempo. Ela sorriu quando viu Aya chegar. Um sorriso tenso e ansioso, mas um sorriso; já era alguma coisa.

– Está se sentindo melhor? – perguntou Aya, pensando, por algum motivo, em Bronte Buchanan, seu grande carro preto 4x4, suas unhas bem cuidadas e os punhos repletos de pulseiras.

– Sim. E tenho boas notícias, Aya – disse a mãe. Ela estava embalada em um cardigã novo, e suas mãos tremiam de nervoso enquanto servia a comida nos pratos.

O estômago de Aya embrulhou.

– É do papai?

A mãe balançou a cabeça depressa, piscando com força, o sorriso tenso desaparecendo de seu rosto.

Aya sentiu o coração apertado, mas tentou esconder a decepção.

– Você falou com o pessoal da habitação? Eles resolveram o problema do aluguel?

Outra vez ela sacudiu a cabeça, nervosa.

— Ah! — uma pulsação de ansiedade agitou o estômago de Aya —, sua professora, a senhorita Helena, trouxe isso.

A mãe estendeu um folheto e Aya ficou olhando para ele, confusa, ainda pensando na ameaça do proprietário de expulsá-los. A foto na frente era de uma jovem bailarina com roupas de treino, parada na barra com a perna graciosamente estendida em *arabesque penchée*[18].

— Royal Northern Ballet School? É o lugar para onde Dotty irá. — Aya pensou no semblante tristonho da amiga e acrescentou: — Ou melhor, é para onde a mãe dela quer que ela vá.

A mãe, que estava sentada, ajoelhou-se no chão diante da filha e segurou-lhe as mãos, esquecendo-se da comida. Seus dedos pareciam finos e frágeis entre os de Aya.

— E você também — ela sussurrou.

Aya suspirou. A mãe estava obviamente confusa. Ela tinha molho na face e seus olhos estavam brilhantes demais, devia estar cansada.

— Mamãe... É necessário passar por uma audição para entrar nessa escola. E de qualquer forma é tarde demais agora.

As mãos da mãe apertaram as dela com mais força.

— Se você entrar, eles não poderão mandá-la embora da Inglaterra, mesmo que nossa apelação seja rejeitada. A senhorita Helena disse...

— Quando você falou com a professora Helena? — Aya sentiu os dedos da mãe entrelaçados aos dela. A menina estava cansada e tinha até perdido a fome.

— Ela disse que a audição será em apenas algumas semanas.

Aya olhou para o folheto novamente, depois fitou os olhos brilhantes e o sorriso vacilante da mãe.

— Eu já perdi as fases da pré-seleção, mãe. É tarde demais.

— Esta é uma oportunidade para você, Aya — disse a mãe, com um tom de voz mais imperativo, os dedos ainda segurando os de Aya. — Mesmo que Moosa e eu tenhamos de ir embora.

Aya sentiu seu estômago se contrair.

— Eu já disse que não vou deixar isso acontecer.

---

[18] *Arabesque* com a perna erguida em um ângulo de 90°.

A mãe puxou a mão e colocou o folheto nas mãos de Aya.
– Isso é o que seu pai ia querer – falou baixinho.
Fazia muito tempo que a mãe não mencionava o pai. Ouvir isso agora causou um choque em Aya, uma espécie de descarga elétrica em seu corpo. E a expressão nos olhos da mãe ao fazer aquela declaração a assustou um pouco.
– Claro, mamãe – respondeu, conduzindo-a até a cama e fazendo com que se sentasse. Era óbvio que ela estava confusa, mas Aya não queria mais chateá-la. – Está tudo bem. Amanhã falo com a senhorita Helena, certo?
– Promete? – perguntou a mãe.
– Sim, mamãe. Eu prometo. Agora fique quietinha, vou terminar o jantar.

Alepo, Síria

O pai sempre planejava tudo com cautela. Depois de decidir que a família tinha de ir embora, ele procurou o atlas escolar de Aya. Não conseguia imprimir mapas mais detalhados porque não havia energia e, de qualquer maneira, dizia que era muito arriscado ter essas coisas em casa. Ele até escondia o atlas debaixo do colchão, mas tirava-o de lá todas as noites para analisá-lo enquanto a mãe dormia no sofá, com os braços protetores em volta da enorme barriga. Aya se agachava no chão ao lado do pai enquanto ele traçava com seus longos dedos os contornos dos mapas do atlas, passando por rios, seguindo rodovias, subindo montanhas e atravessando lagos... conversando com ela sobre a longa jornada que fariam: Turquia, Grécia e adiante até a Inglaterra.

Assim que o bebê nascesse, eles partiriam para um local seguro, dizia o pai. Era muito perigoso viajar enquanto a mãe estava grávida. E o bebê nasceria em apenas algumas semanas, não demoraria muito. Mas então, pouco antes da data prevista para o parto, as forças governamentais cercaram a área da cidade controlada pelos rebeldes, cortando a rota de fuga ao longo da estrada que levava até a Turquia. Não havia saída da cidade em nenhuma direção. Eles estavam presos. Não havia como conseguir suprimentos, não havia saída.

Agora Aya entendia o significado da palavra "cerco".
Moosa nasceu em casa durante um ataque aéreo. Houve complicações com o parto, disse o pai. Aya não entendia ao certo o que estava acontecendo, só sabia que a mãe havia perdido muito sangue e precisaria de tempo para se recuperar.

Aya cuidou de seu novo irmãozinho por muito tempo nos primeiros dias, porque a mãe não estava bem e o pai era requisitado no hospital o tempo todo; tinha de lidar com as baixas da guerra que continuavam chegando e trabalhava com cada vez menos recursos, porque a cidade estava sem fornecimento externo; por vezes, até sem eletricidade.

Aya se lembrava de ficar sentada no escuro do apartamento, cantando para o bebê Moosa à luz de velas. Talvez fosse por isso que ela às vezes se sentia como uma segunda mãe para ele.

Ela nunca havia entendido até então o que significava sentir fome. Mas as tropas do governo haviam cortado as rotas de abastecimento para a cidade e, após semanas de escassez de alimentos, a vizinhança começou a dizer que havia pessoas se alimentando de grama e folhas. Felizmente, o pai tinha armazenado suprimentos, mesmo assim era necessário usá-los com parcimônia. A mãe não fazia mais pão manoushi, *nem* mahashi, *nem havia amêndoas ou frutas no mercado; as barracas estavam todas vazias. Ninguém sabia quanto tempo duraria o cerco.*

– Por que nosso próprio governo está nos atacando? – Aya perguntou ao pai.

Ele estava sentado na cozinha com Moosa dormindo em seus braços. Moosie era tão pequenininho na época... Pequeno e avermelhado, com uma cabeleira escura e longos cílios.

– O mundo virou de cabeça para baixo, habibti *– respondeu o pai. – Esperamos que em breve tudo volte ao caminho certo!*

– Vamos ficar aqui agora? Para sempre?

O pai franziu o rosto; seus olhos amendoados pareciam cheios de algo que Aya não conseguia identificar.

– Não, Aya. Nós temos que ir. Ainda não sei como, mas de alguma maneira precisamos sair da Síria.

18

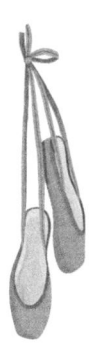

– Eu costumava dançar quando era mais jovem – disse a senhora Massoud, o rosto enrugado e ansioso iluminando-se com um de seus raros e brilhantes sorrisos. Ela se ofereceu para levar Moosa ao parque enquanto Aya subia para a aula de balé. – E a minha Milena também; dança de salão e latina. Havia um lindo salão de baile em Damasco. Não existe mais.

Seus olhos reluziam enquanto ela falava. Aya pensava nela chorando todas as noites, na foto da filha que ela sempre levava na carteira, na sacola de documentos do filho perdido. Nas pessoas deixadas para trás.

– Você tem certeza... sobre Moosa? – disse Aya.

– Não se preocupe com nada – disse a senhora Massoud, tirando Moosa dos braços de Aya e dando um beijo em sua facezinha quente. – Eu vejo tudo o que você faz pela sua mãe e pelo pequeno. Vá. Aproveite sua dança! Ficarei feliz em ter um pequenino para mimar!

Aya deu um beijo em Moosa e disse-lhe para ser um bom menino.

– Não cause problemas à senhora Massoud, Moosie! – ela pediu. – E fique de olho na mamãe por mim, ok?

O alívio que Aya sentiu ao subir as escadas correndo a invadiu por inteiro. Ela havia prometido cuidar do irmãozinho, mas às vezes mal podia esperar para ficar longe dele.

Ela queria falar com uma das professoras antes do início da aula, mas a senhorita Sylvie estava ao telefone no escritório e não havia sinal da professora Helena. Aya começou a calçar as sapatilhas de balé, pensando em se aquecer antes de as outras chegarem.

– Sim, Bronte, eu entendo, mas não há nada com que se preocupar – a voz da professora Sylvie era claramente audível através das portas. – Eu entendo que Dotty precise se concentrar... Não, Aya não será uma distração...

Em choque, Aya percebeu que estavam falando sobre ela.

– Bronte, por favor! Dotty está se saindo bem. Sim, falta-lhe foco às vezes, mas ela tem trabalhado muito mais duro nos últimos tempos. Não há razão para pensar que Aya será um problema.

Aya sentiu suas faces queimar e seu estômago revirar. Era assim que a mãe de Dotty a via. Uma pobre menina refugiada. Um problema. Agora ela entendia a expressão que vira nos olhos da mulher no dia anterior.

– Na verdade, acho que será bom para Dotty – continuou a senhorita Sylvie. – E Aya merece essa chance...

Mas Aya não queria ouvir mais nada. Ela entrou rapidamente no estúdio e começou a fazer exercícios de flexibilidade, tentando abafar as palavras que ficavam girando em sua cabeça: "... uma distração... um problema..."

Quando as outras meninas chegaram para a aula, ela tentou evitar que elas percebessem as lágrimas que começavam a brotar em seus olhos. Dotty estava atrasada, como sempre, e Aya teve a sensação de que as outras estavam falando dela, pois ficaram em silêncio quando entraram e a viram na barra.

– Aqui está nossa bailarina refugiada! – disse Ciara.

– Não a chame assim, Ciara – repreendeu Lilli-Ella, olhando para Aya com um certo nervosismo.

– Verdade, não é nada legal – disse Grace, embora corasse ao falar.

– Se estão dizendo – rebateu Ciara. Mas a palavra já havia sido dita e agora serpenteava pelo ar, criando uma barreira invisível entre Aya e as outras meninas, mesmo depois de Dotty ter entrado na sala sorrindo e abraçando-a com carinho.

Ainda assim, Aya decidiu não as deixar perceber o quanto aquilo a machucava. Em vez disso, descarregou na dança tudo o que sentia; deixou uma parte das emoções aprisionadas escorrer pelos pés e pelas mãos. Não muito – se liberasse tudo o que estava sentindo, era provável que se desfizesse, caísse aos pedaços, se transformasse em migalhas –, mas um pouquinho era um alívio.

No final da aula, a senhorita Helena se aproximou dela.

– Você está bem, Aya? – perguntou. – Não parece feliz hoje.

– Não, eu estou... É que... – mas as palavras ficaram presas em sua garganta e fizeram suas faces arder.

– Sua *maminka* falou com você sobre a Royal Northern?

– Sim, mas acho que ela estava... confusa, talvez? – respondeu Aya.

– Não há confusão alguma – disse a professora Helena. – Eu acho que você tem chance. Se for algo que deseja, é claro.

O coração de Aya deu um pulo, mas as palavras de Bronte Buchanan ainda giravam em sua cabeça.

– Não teremos muito tempo para prepará-la – continuou a senhorita Helena.

– Mas Dotty disse... Eu perdi a fase de pré-seleção.

– Sim, é verdade. Terei de fazer alguns telefonemas – declarou a senhorita Helena. – Mas, em circunstâncias como esta, pode ser que abram uma exceção.

O coração de Aya disparou – apenas por um segundo –, depois ficou apertado.

– Mas a apelação... – Aya tentou dizer. – E o proprietário... E se... não sabemos se podemos ficar.

– Vamos lidar com esse problema quando ele existir de verdade – disse a senhorita Helena, acenando com a mão.

O pai sempre dizia isso, sobre resolver apenas os problemas que temos hoje, sem se preocupar com coisas que talvez nunca aconteçam. Mas o pai não estava mais por perto, e Aya havia aprendido a ser mais cautelosa, a confiar menos desde a partida dele.

– Você já passou por muita dificuldade, *kochana* – disse a senhorita Helena, inclinando a cabeça de um jeito diferente. – Talvez seja hora de deixar algumas coisas boas acontecerem a você.

19

– Qualquer pessoa pode se candidatar para uma vaga na Royal Northern – disse a professora Sylvie no dia seguinte, no início da aula preparatória para a audição. – Mesmo que nunca tenha feito uma única aula de dança na vida.

– Mesmo que a pessoa não tenha nascido na Inglaterra? – Ciara olhou incisivamente para Aya.

– A Royal Northern recebe alunos do mundo inteiro – respondeu a senhorita Helena. – Eles não se importam se você passou em algum exame de balé ou se dançou solo. Estão em busca de um talento nato e profundo para dança, musicalidade e arte.

Dotty olhou para Aya, revirou os olhos e murmurou:

– Estou *tão* feliz que você esteja aqui!

– É claro que também procuram um determinado tipo de corpo – continuou a senhorita Helena. – Pés arqueados e ágeis, articulações flexíveis, uma cabeça bem sustentada... O movimento natural da rotação dos quadris é um requisito essencial para o balé. Tudo isso ajudou vocês a passarem pelas etapas preliminares.

Aya olhou para seu reflexo no espelho. Será que usando o velho *collant* de Dotty, com os cabelos puxados para trás, ela parecia uma bailarina?

– Mas nas audições finais eles estarão em busca de crianças que amem de verdade o balé – a senhorita Helena olhou apenas por um segundo para Dotty enquanto dizia isso –, que estejam dispostas a trabalhar quase como escravas durante os sete anos de formação; que estejam lá porque é a única coisa no mundo que querem fazer.

Dotty fez outra careta engraçada como se estivesse sufocando até a morte. Aya sorriu. A ideia de dançar durante sete anos dava-lhe a mesma sensação de quando pensava em casa. Dotty, por sua vez, queria cantar, atuar, fazer sapateado, dança moderna e hip-hop.

– O desejo de dançar precisa vir do âmago de quem realmente terá de se dedicar a isso – continuou a senhorita Helena, olhando novamente para Dotty enquanto falava. – Não de outras pessoas, não dos pais e professores... Precisa vir de vocês. Isso é o que torna uma bailarina grandiosa de verdade.

– Mas os pais também precisam ter dinheiro para pagar as taxas, certo? – afirmou Ciara.

– Errado. Há bolsas de estudo – disse a senhorita Sylvie, chegando com alguns papéis que as meninas precisavam assinar para se inscrever na audição. – Se um aluno for bom o suficiente, a Royal Northern tentará apoiá-lo financeiramente.

– Mesmo que seja um refugiado? – Ciara disse a palavra com tanta veemência que Aya sentiu como se levasse um tapa na cara.

– Você se lembra, mocinha, de que eu sou uma refugiada? – perguntou a senhorita Helena, em um tom de voz tranquilo, examinando Ciara com uma expressão inescrutável.

– Mas...

– Ah, talvez você ache que eu não deva ser considerada como tal, já que vim para cá há tantos anos – continuou a professora –, provavelmente na época dos romanos e dos dinossauros, certo?

Dotty sorriu, mas Ciara ficou em silêncio.

– Eu vim para este país em busca de refúgio em meio a uma guerra que destruiu a minha casa e planejava destruir a minha família – confessou a senhorita Helena. – A Grã-Bretanha abriu os braços para mim e para milhares de outras pessoas como eu.

– Eu sei disso, mas... – Ciara começou a dizer.
– Tenho orgulho de dizer que sou refugiada – continuou a professora. – E Aya também deveria ter. Este país se orgulha de ter aberto as suas portas aos pobres, aos doentes e aos necessitados. Os únicos que têm motivo para se envergonhar são aqueles que agora fecham o coração para os que precisam de proteção.

Ciara abriu a boca e fechou-a novamente sem dizer nada.

– Então não ouviremos mais nada sobre esse assunto. Vamos dançar!

– Agora ela calou a boca! – Dotty sussurrou para Aya enquanto se posicionavam na barra. Mas, quando Aya olhou para Ciara, viu seus lábios apertados e um brilho intenso em seus olhos enquanto começava a se alongar. Isso a fez duvidar.

A aula foi incrivelmente árdua. A senhorita Helena exigiu perfeição absoluta, então cada músculo, cada movimento e posição eram examinados com rigor. As outras duas eram mais avançadas do que ela, então Aya passava muito tempo tentando alcançar o nível. Mas ela ainda sentia uma tremenda empolgação; seu corpo parecia vibrar de alegria por dançar novamente.

No final da aula, a senhorita Helena conversou com elas sobre as apresentações da audição.

– Cada menina tem a chance de fazer um solo – explicou.

As três se sentaram no chão, Dotty tentando amarrar as fitas desatadas da sapatilha, Ciara olhando seu próprio reflexo nos longos espelhos. Estava começando a escurecer lá fora, e o sol rosado, já se pondo, lançava sombras esquisitas no piso de um jeito que fez Aya se lembrar do estúdio de madame Belova.

– A dança tem de refletir quem vocês são, de onde vieram e para onde querem ir; suas memórias, suas esperanças, seus sonhos – continuou. – Então, na próxima vez que nos encontrarmos, quero que tragam alguns objetos que sejam importantes para vocês.

– Que tipo de objetos? – perguntou Dotty.

– Isso é com vocês – a senhorita Helena respondeu. – Bens preciosos, fotografias, coisas que demonstrem quem vocês são. Que contem a sua história.

Muitos dos objetos importantes para Aya haviam se perdido há muito tempo. Estavam na Síria, talvez já sob escombros, perdidos para sempre em um mundo que já não existia mais.

– Não sei o que isso tem a ver com a dança que vamos apresentar na audição – comentou Ciara.

– Tem tudo a ver com a maneira como você coreografa sua peça – respondeu a senhorita Helena.

– *Nós* vamos coreografar? – perguntou Ciara.

A senhorita Helena apenas sorriu.

– Exatamente. Tragam seus objetos na próxima aula e vamos tecer histórias, ok?

20

Mas Aya não pôde comparecer à aula no dia seguinte, nem no outro. O proprietário tinha concordado em deixá-los ficar até o final do mês, mas o tempo estava se esgotando, e ainda não havia sinal da papelada. Além disso, a dor de cabeça da mãe não passava. Na verdade, piorou tanto que, se ela tentava sair da cama, se sentia tonta e enjoada. Ela se recusava a ir ao médico, então Sally, do centro, deu a Aya alguns analgésicos disponíveis sem receita médica para a mãe, mas nem isso parecia aliviar a dor.

Mais dias se passaram. Aya não gostava de deixar a mãe sozinha por muito tempo. Quando Moosa ficava inquieto, ela o levava até o parque, empurrava-o nos balanços e o girava o mais rápido que podia no gira-gira, praticando seus exercícios de barra nas grades enquanto ele brincava na caixa de areia. Nessas horas, perguntava-se se era possível sentir tanto a falta de uma coisa a ponto de adoecer. Talvez tenha sido isso que também deixara a mãe doente. Saudade de casa.

Após uma semana, a mãe estava mais magra e cansada do que Aya jamais a vira. Não comia direito há dias e já nem chorava, como se o poço de sua tristeza a tivesse secado por dentro.

– Me desculpe – ela dizia a Aya repetidas vezes. – Me desculpe, me desculpe.

– Está tudo bem, mamãe. Não me importo de cuidar de você – Aya respondia todas as vezes, embora se importasse; às vezes se importava desesperadamente. O pai pedira a ela que cuidasse da mãe e de Moosa. Ela quase o odiava por isso. Depois odiava a si mesma por se sentir assim. Então ela afastava o pensamento e dizia outra vez: – Não me importo, mamãe. De verdade.

– Eu sei disso, *habibti*! – dizia a mãe, chamando-a como o pai sempre a chamava. Como se ela soubesse. – Mas eu quero que você aproveite sua oportunidade de ter uma vida aqui.

– Eu vou, mamãe. Não se preocupe comigo. Você só precisa descansar agora e melhorar, e então tudo ficará bem.

PARTINDO DE ALEPO
No final, eles saíram às pressas. O governo e os russos declararam cessar-fogo, e houve anúncios de rádio instando os rebeldes a se renderem e os civis a abandonarem a região leste de Alepo.

A mãe não estava bem o suficiente para viajar; não de verdade. Mas o pai dizia que era perigoso demais ficar. Se as forças do governo tomassem a cidade, haveria represálias para aqueles que permanecessem. Aquela podia ser a única chance deles de escapar. Aya se lembrou de quando partiram durante a madrugada, reunindo depressa alguns últimos pertences, ela enfiando suas adoradas sapatilhas de ponta no fundo da bolsa, cuidadosamente embrulhadas, depois unindo-se ao rio de pessoas que se dirigiam para a fronteira. Todas a caminho de um local seguro – ou assim esperavam –, abandonando seu lar para sempre.

Tantas coisas tiveram de deixar para trás!
Às vezes parecia que ela havia abandonado uma parte de si.

21

Naquela noite, Aya se sentou no quarto e observou seus escassos pertences. Já fazia mais de uma semana que não ia ao estúdio de dança da senhorita Helena. A mãe estava dormindo na poltrona. Não havia sido um bom dia. Aya a convencera a sair da cama e passar um tempinho no centro enquanto ela levava Moosa ao parque. Ficaram fora por cerca de meia hora, mas, quando voltaram, a mãe estava chateada. O proprietário havia ido até o centro para gritar e fazer mais ameaças. A senhora Massoud disse que a mãe deixara cair uma xícara de chá, que se quebrou, espalhando o líquido quente por todo o chão. Embora Sally tivesse limpado tudo e dito que não havia nada com que se preocupar, ninguém conseguiu acalmá-la depois disso. Aya conseguiu levá-la para casa e obrigou-a a tomar banho, mas não conseguiu convencê-la a comer, e a mãe chorou até dormir.

Moosa parecia feliz. Aya o cansara no parque, empurrando-o nos balanços e fazendo-o correr pela estrutura de escalada, fingindo que eram monstros; agora ele estava deitado no tapete, com o polegar na boca, observando as imagens em movimento do DVD player portátil que Sally dissera ter pertencido ao seu sobrinho.

– Você se lembra de casa, Moosie? – Aya murmurou enquanto Moosa ria das travessuras de um porco dançante na tela. – Lembra de alguma coisa?

Ela olhou novamente para as coisas que havia tirado da mochila e disposto em cima da cama. A nudez do quarto e a escassez de seus pertences pareceram mais evidentes do que nunca enquanto ela passou os olhos pelos fragmentos que trouxera consigo; aquilo era tudo o que lhe restava de sua antiga vida. Algumas peças de roupa, algumas fotos, uma escova de dentes.

A senhorita Helena pedira para levar objetos que mostrassem de onde ela vinha – se algum dia ela conseguisse voltar a frequentar as aulas. Isso significava apenas Alepo? Ou os campos de refugiados, o centro de detenção, os locais onde ela e a família haviam dormido pela praia e na estrada, o lugar onde cruzaram a fronteira durante a noite, as cidades e países que atravessaram de ônibus e barcos, os intermináveis dias que passaram presos na escuridão do contêiner, a praia, aquela noite no mar... será que ela se referia a todos aqueles lugares também?

– Aya, Aya! Me pega!

Moosa cambaleou na direção da irmã com seus pezinhos instáveis, pedindo para subir na cama. Aya o pegou nos braços e ele riu, agarrando seu nariz e enroscando os punhos minúsculos em seus cabelos. Ela riu e o abraçou, sentindo seu cheirinho cálido de bebê.

– Não importa onde estejamos, seu cheiro é sempre o mesmo, Moosie! – ela lhe disse em um sussurro. Às vezes ela queria enterrar o nariz naquele cheiro para fazer o mundo parar de girar e o tempo congelar.

Ela soprou na barriga dele, e o menino caiu na risada, depois estendeu a mão apontando para os objetos na cama.

– Papai, papai! – gritou.

– O que você quer, rapazinho?

Ela o deixou descer e ele imediatamente foi em direção a um grande lenço manchado.

O pai sempre usava um lenço – grande, colorido e geralmente manchado. Ele havia emprestado esse para Aya quando pegaram carona na traseira de um caminhão da fronteira com a Turquia até o campo de refugiados em Kilis. A poeira voava por toda parte, fazendo-a tossir, e o pai lhe dera o lenço dizendo para amarrá-lo na boca.

– Está parecendo um bandido! – brincando.

Moosa estendeu a mão para pegá-lo.

– Papai – repetiu.

– Você se lembra do papai, não é? – disse Aya.

Ela pegou o lenço. Às vezes se preocupava com o fato de que suas próprias lembranças do pai estivessem desaparecendo. Ela conseguia imaginar o rosto dele apenas em fragmentos; os olhos, o sorriso, a pequena cicatriz no queixo... mas não todos juntos.

Moosa pegou uma das sapatilhas e tentou colocá-la na boca, e Aya começou a rir.

– Não é sua, monstrinho mordedor! Mas boa escolha! Talvez sirva para simbolizar minhas esperanças e meus sonhos, eu acho – eram dois objetos, mas a senhorita Helena dissera para trazerem quatro ou cinco. O que mais ela tinha para mostrar quem ela era e de onde tinha vindo?

Aya pegou o que parecia ser um pedaço de pedra e pesou-a na mão. Isso era tudo o que lhe restava da rua onde havia crescido. Um pedaço de entulho que ela enfiou no bolso na manhã em que partiram depois de enfiarem seus pertences às pressas nas mochilas e fugirem para as colinas, olhando para trás e vendo os prédios que um dia foram seu lar serem bombardeados.

Então ela deixou seus dedos percorrer uma grande concha – quebradiça, em formato de redemoinho, quebrada em um canto. Era da praia na Turquia. O pai havia dado a ela no dia anterior a...

Moosa agarrou a concha, e Aya o segurou com força nos braços, abraçando-o até ele guinchar.

A menina colocou a concha de lado.

– Talvez você possa ser uma das minhas coisas! – murmurou, tirando uma das meias minúsculas dos pezinhos rechonchudos de Moosa e beijando seus dedos. – Afinal, eu não faço muito sentido sem você!

Mas Moosa não estava ouvindo. Ele se desvencilhou e saiu da cama, apontando para o DVD player.

– *Piggy*! – disse em inglês.

– Claro – ela disse – vamos assistir ao porquinho. Quem sabe se algum dia vou conseguir voltar para a aula da senhorita Helena de qualquer maneira.

Então ela arrumou suas coisas e os dois se deitaram juntos na cama, Moosa envolvido em seus braços e assistindo Peppa Pig, que estava vestida de bailarina, dançando com movimentos expressivos e cheios de cor na tela. Por fim, os irmãos adormeceram, e Aya sonhou com porcos dançarinos, os lenços gigantes do pai, conchas quebradas, sapatilhas de balé e todas as peças espalhadas do quebra-cabeça de quem ela era, caídas ao longo da jornada.

22

Foi a senhora Massoud quem tirou a mãe da cama. Ela apareceu certa tarde enquanto Aya buscava comida e conversou com ela por um longo tempo. Aya não sabia sobre o que as duas haviam conversado, mas, quando ela voltou, a mãe lhe disse:
– Você não deve perder mais nenhuma aula de dança, *habibti*.
– Mas você não está bem – protestou Aya. – E eu não me importo...
– Mas eu me importo – disse a mãe, tentando arduamente sorrir, embora o sorriso não alcançasse seus olhos. – Posso me virar sem você. Além disso, a senhora Massoud virá ajudar.
– Mas e quanto a Moosa? E suas dores de cabeça?
– Eu vou ficar bem.
Aya, nervosa, a encarou. A mãe não parecia estar melhor, mas estava mudada. Seja lá o que a senhora Massoud lhe tenha dito, fez grande diferença, pois ela estava convencida de que Aya precisava voltar a dançar.
Portanto, no dia seguinte, Aya voltou para as aulas preparatórias.
– Estou tão feliz em te ver de volta! – disse Dotty. – Ficamos preocupadas. Achei que talvez eles tivessem te mandado para casa. Saí perguntando por você pelo centro, todo mundo sente sua falta lá. A propósito, fiz amizade com o senhor Abdul. Ele é tão engraçado! Estou ensinando a ele

umas palavras impertinentes em inglês, e ele está me ensinando sapateado. Você sabia que ele sabe sapatear?

– Hum... não.

– Bom, ele é incrível. E a senhora Massoud sabe dançar tango e o *American Smooth*. Aqueles dois são as pessoas mais legais de todos os tempos. Queria que eles fossem meus avós.

– Mamãe estava doente – disse Aya.

– Eu sei, a senhora Massoud estava me contando. Falando nisso, ela ainda não teve notícias do filho. Ah, e as senhoras do banco de alimentos disseram que sentem falta de Moosa! Disseram que o lugar está tranquilo demais sem ele! Embora tenham dito também que eu causo mais problemas do que o menino!

Aya sorriu ao pensar em Dotty no centro comunitário, fazendo amizade com os Massouds e jogando xadrez com o senhor Abdul; mas ela não tinha certeza se Bronte Buchanan aprovaria. Não seria uma distração? Dotty não deveria estar praticando?

– E começamos um grupo de cantores – continuou Dotty. – Foi ideia minha, mas as senhoras do banco alimentar fazem parte de um coral na igreja, então elas estão ajudando. É assim: as pessoas trazem músicas do país de onde vieram, e todos nós tentamos aprendê-las. É divertido, apesar de, na maioria das vezes, eu não fazer ideia do que estamos cantando!

– Parece legal – disse Aya. Ela pensou nas músicas que ouvira ao longo do caminho, flutuando pelo acampamento em Kilis, no albergue à noite, o pai cantando para ela enquanto as bombas caíam. Canções falando de casa, de felicidade e sofrimento. Músicas que ajudavam a aliviar o peso dos sentimentos de alguma maneira, como a dança fazia com ela.

– Mas, agora que você voltou, vai ser muito mais divertido! – disse Dotty, arrastando-a para a aula. – O balé tem sido super, superchato sem você. E tem, tipo, pouquíssimo tempo para preparar você para essa audição, você sabe!

Após o aquecimento, Aya mostrou à professora Helena os objetos que havia trazido. A velha senhora examinou cada um deles e assentiu, pensativa. Dotty também tinha sua bolsa com o que chamava de "cacarecos", incluindo um unicórnio de pelúcia, um par de sapatos vermelhos brilhantes, uma almofada em formato de emoji de cocô e uma foto de sua mãe dançando em *O Lago dos Cisnes* no Covent Garden.

– Ela disse que os objetos tinham de refletir quem somos! – disse Dotty com um sorriso e encolhendo os ombros.

Ciara não havia levado nada.

– Meu pai vai contratar um coreógrafo – anunciou ela. – Um profissional. Para elaborar uma dança adequada para mim.

– Como quiser – a senhorita Helena não pareceu surpresa. – Então hoje você ajudará Aya.

– Mas essa aula devia ser nossa! Minha e de Dotty! – Ciara protestou. – Nossos pais estão pagando. E ela nem passou pelas etapas preliminares!

– Na dança sempre podemos aprender uns com os outros – explicou a senhorita Helena, acenando com a mão para dispensar as objeções de Ciara –, observando o processo dos outros, ouvindo as histórias que eles têm para contar e percebendo como as contam. Aya, vamos começar.

A maneira de trabalhar da senhorita Helena era diferente de tudo que Aya já havia feito antes. Ela trouxe várias peças musicais diferentes para as meninas ouvirem e pediu a Aya que espalhasse seus objetos pelo chão do estúdio, depois se sentasse no meio e os observasse enquanto ouvia cada uma das peças musicais.

– Caso sinta vontade de se mexer, mexa-se – foi tudo o que ela disse. Aya lançou um olhar nervoso para Dotty, que estava sentada perto da porta. Ciara sentou-se junto à barra, batendo o pé e de cara feia.

– Mas o que devo... fazer?

– Naquele dia em que vi você dançando no quintal, os movimentos vinham de dentro, certo?

– Sim, mas...

Aya se lembrou do quanto estava infeliz naquela época, de quanta raiva havia dentro dela e de como parecia que a dança era capaz de quebrá-la em pedacinhos. Ela não se sentia assim agora. Sentia-se apenas muito constrangida e esquisita.

– Então ouça a música, pense nos objetos e deixe a dança vir de dentro.

Aya tentou. E, por mais que tentasse, não conseguia conectar a música aos objetos espalhados pela sala. Estava cansada, confusa... sentia-se estúpida.

– Eu não consigo... – ela disse após alguns minutos.

A senhorita Helena se sentou ao lado dela e pegou a pedra do chão. Às vezes, Aya não conseguia acreditar na facilidade com que aquela velha senhora se movia.

– Trouxe de casa? – perguntou.

Aya assentiu. As lágrimas já molhavam seus olhos. Ela não sabia quais eram as expectativas da senhorita Helena, e as palavras de Ciara ecoavam em seus ouvidos.

"Estamos pagando por esta aula... Ela nem passou pelas etapas preliminares..."

A senhorita Helena analisou o objeto que segurava.

– Sua casa foi bombardeada?

– Não o meu prédio, mas alguns outros na nossa rua – Aya respondeu em voz baixa.

– E por isso você e sua família tiveram de ir embora?

Aya assentiu.

– Deixei minha casa quando era mais jovem do que você é agora – disse a senhorita Helena, virando a pedra na mão –, depois que os alemães invadiram Praga. Deixei meus pais e toda a minha família.

Aya olhou para ela com grande surpresa.

– Você veio sozinha?

– Há muitos anos – respondeu em voz baixa. – E isso aqui pertence ao seu pai? – a senhorita Helena pegou o lenço.

Aya concordou outra vez.

– Senti muita saudade dos meus pais quando vim para a Inglaterra – disse a senhorita Helena. – Você também deve sentir saudade do seu pai.

A menina ficou em silêncio. Parecia errado falar sobre ele naquele ambiente. Era como se seu peito tivesse sido aberto e alguém tocasse seu coração ainda batendo.

A senhorita Helena pareceu notar o que estava se passando na cabeça de Aya.

– É difícil, até doloroso, mas às vezes a dança precisa vir dos lugares mais profundos do nosso coração. – E devolveu o lenço com cuidado.

– Mas como...?

– Ouça a música e deixe-a ajudá-la a sentir... até os sentimentos mais difíceis.

As notas recomeçaram. Uma nova peça que Aya não reconhecia, mas que, de uma maneira estranha, a fazia lembrar-se do chamado para a oração. Noites de verão no terraço. Ela abraçou as próprias pernas e tentou se concentrar nas sapatilhas, na meia de Moosa...

Aya ainda não sabia o que deveria estar fazendo, mas precisava fazer alguma coisa. Ela dobrou os braços como se estivesse segurando um bebê, depois simulou um adormecer com o clássico gesto das mãos unidas ao lado da cabeça inclinada. Ela tentou caminhar como Moosa, desequilibrando-se, cambaleando e depois caindo no chão. Então o levantou e o segurou perto de si. Por um segundo a música tomou conta dela e a fez lembrar-se de quando beijou os pezinhos rechonchudos do irmão e o segurou no colo durante o apagão, quando o pai estava no hospital. Quase podia sentir o cheiro dele em seus braços... só por um segundo. Então a sensação de constrangimento voltou. E agora?

Ela viu a pedra no chão e vasculhou a mente em busca de lembranças de casa. A elegante sala de estar que a mãe sempre mantinha tão arrumada, o aroma cálido do pão *manoushi* na cozinha, o terraço onde ela viu as primeiras bombas cair no dia do seu aniversário. Aya sentiu-se rodopiar, seu corpo movendo-se involuntariamente na dança que ela havia feito para o pai.

"Dance para nós, *habibti*..."

Ela parou diante do lenço do pai no chão. Queria lembrar-se dos espirros escandalosos dele, do seu cheiro, de seus olhos amendoados quando ria... mas por algum motivo só conseguia pensar na poeira na traseira do caminhão, na chegada ao acampamento, nas fileiras de contêineres... Então ela olhou para a concha, e outros pensamentos começaram a se libertar dos lugares onde ela os havia guardado. A praia, o barco, a água...

– Me desculpe, eu... eu não consigo...

A senhorita Helena desligou a música.

– Um bom começo – disse ela.

A cabeça de Aya estava confusa, e sua respiração, pesada.

– Acho que já fizemos o suficiente por hoje – ela ouviu a senhorita Helena dizer. Mas Aya se sentia distante, como se estivesse no fundo de um oceano, com as lembranças flutuando ao seu redor, mantendo-a submersa.

– Vou deixar vocês, meninas, se desaquecerem. E talvez, Dotty, você possa mostrar sua dança para Aya?

Aya virou-se para a amiga, que ainda estava sentada perto da porta. Ela parecia distante também.

– E quanto a mim? – perguntou Ciara.

– Você pode decidir se há algo que possa aprender aqui – respondeu a professora.

23

– Você quer ver?

Aya estava sentada de pernas cruzadas no canto da sala. Ciara havia saído para se trocar, dizendo que não precisava ter aulas com Dotty Buchanan, e por isso ficaram apenas as duas no estúdio à meia-luz.

– Sim! Se você não se importar, é claro.

– Trabalhei nela enquanto você estava fora – falou Dotty. – Eu odiei no começo, mas depois meio que acabei gostando. Decidi encarar essa dança como uma espécie de atuação em vez de uma coreografia – continuou. – E não precisa ser puro balé, assim eu posso ter um pouco mais de liberdade, incluir algumas das coisas que o senhor Abdul me mostrou e uns movimentos da dança de salão da senhora Massoud também. – E sorriu, tímida. – Na verdade, você se importa se eu apagar as luzes? Isso meio que ajuda.

– É claro.

Aya levantou-se para apagar a luz, e o estúdio foi tomado por uma escuridão azul e cinza. Ela ainda se sentia estranhamente desconectada; uma parte de sua mente estava no mar de memórias, e a outra, aqui no estúdio de dança.

– É um pouco esquisita! – Dotty afirmou. – Não julgue, ok?

Dotty apertou o botão no CD player e correu para se posicionar no meio da pista quando as primeiras notas da música começaram a tocar.

A abertura da peça era divertida, e Aya pôde ver a Dotty engraçadinha que conhecia bem: saltos e giros feitos para entreter, um pouquinho de sapateado, algo meio antiquado, até o momento em que cambaleou para um hip-hop vibrante. E então ocorreu uma mudança drástica no ritmo e Dotty se virou como se houvesse mais alguém na sala. Alguém a quem ela desejava muito agradar. Dotty dançou em volta da pessoa invisível como se dançasse num salão de baile, estendendo a mão e implorando para ser notada; alguns passos de valsa, tango, um *pasodoble* furioso. Seus olhos brilhavam, ela parecia adorável, depois suplicante, depois irritada e combativa.

Aya observava cada movimento; sua amiga era uma belíssima dançarina. No entanto, mais do que isso, era uma atriz maravilhosa. Aya achava impossível tirar os olhos dela.

E então – só por um segundo – Dotty se iluminou e transformou-se em uma bailarina, uma fada açucarada, graciosa e leve. Na ponta dos pés, dançando em um divertido *pas de chat*[19] e depois em um lindo *ballonné*[20].

De repente a leveza acabou, e Dotty murchou, estendeu a mão para alcançar algo que havia desaparecido – alguns passos de tango, um breve movimento enfurecido de *pasodoble* –, mas abriu mão de tudo e se entregou a uma felicidade fingida, dando uma pirueta final e encerrando a performance.

Ela pensou nos objetos de Dotty: o unicórnio maluco, a almofada emoji, os sapatos vermelhos, a foto da mãe. Dotty contou a história tão bem que Aya pôde ver como cada um dos objetos se transformava em dança, como cada estilo diferente se misturava para criar uma bela história contada por uma garota que tinha o coração e a alma de uma atriz.

– O que você acha?

---

[19] Significa "passo de gato". Um salto lateral com as pernas flexionadas no ar, uma após a outra, e os joelhos afastados.

[20] Movimento em que a perna é estendida (para a frente, para o lado ou para trás) a 45°, depois dobra-se o joelho e o pé é levado ao *cou-de-pied*.

Dotty ficou parada, olhando para ela com ansiedade, sem fôlego e com um brilho intenso nos olhos.

– Está... maravilhoso! – elogiou Aya. – Você conta a história de um jeito tão bonito!

– Sim, bem, minha mãe diz que sou exibida desde quando nasci! Às vezes eu acho que... – Ela parou e encolheu os ombros. – Deixa para lá.

Estava ficando tarde. A luz desvanecia do lado de fora das janelas, e no centro comunitário reinava o silêncio.

– O quê? – perguntou Aya. – Você acha o quê?

– Ah, é só que... às vezes eu acho que, se tomasse coragem para dizer a ela que prefiro fazer teatro musical e tenho vontade de entrar no West End, não no Covent Garden, talvez ela entendesse. Minha mãe seguiu o sonho dela; talvez entenda que esse é o meu.

– Talvez você devesse contar a ela – opinou Aya.

– Talvez – Dotty suspirou e sorriu. – Mas você gostou da dança, é isso o que importa.

Aya queria saber mais, mas não sabia ao certo como perguntar. Às vezes era como se conhecesse Dotty a vida inteira, às vezes se dava conta de que mal a conhecia.

Dotty olhou para o relógio. O horário surpreendeu as duas jovens. O centro comunitário de repente pareceu estranhamente silencioso, e Aya pôde ouvir a água passando ao longo dos canos, o zumbido baixo das luzes elétricas.

– É melhor irmos andando – disse Dotty, levantando-se num salto. – Minha mãe vai chegar a qualquer minuto!

Mas, ao tentar abrir a porta, não conseguiu abri-la. Ela sacudiu a maçaneta.

– Ah, não!

– O que foi?

– Acho que estamos trancadas.

24

Aya ficou em pânico. O estúdio era uma sala pequena e tinha apenas uma claraboia como janela, que de repente pareceu próxima demais, tornando o ambiente sufocante.

Ela agarrou a maçaneta da porta e a sacudiu, o terror aumentando.

– Sem estresse. Vou ligar para a senhorita Sylvie. Ai, não! – Dotty levou as mãos à cabeça, consternada. – Meu celular está na minha bolsa de balé… lá fora!

Aya conseguia sentir o terror pulsando em seu peito; os pulmões apertados, a cabeça latejando, as lembranças inundando sua mente, deixando-a confusa. Ela bateu as mãos contra a porta.

– Aya, você está bem?

Dotty agarrou-a pelo ombro, mas Aya não conseguia focar no rosto dela, não conseguia respirar. Seus olhos percorriam a sala desesperadamente. Ela via o próprio reflexo em todos os lados, mas as lembranças a cercavam, tiravam o ar de todo o ambiente.

– Eu não gosto… eu não gosto de… espaços fechados – ela revelou.

– Sente-se – pediu Dotty, segurando-a pelo ombro. – A senhorita Helena vai perceber em breve, daqui a pouquinho vamos conseguir sair.

Mas o pânico deu a Aya a sensação de afogamento quando Dotty a levou até o canto, sentou-a de costas para o espelho e envolveu-a com um braço, preocupada.

– Se ninguém vier em dez minutos, quebraremos o vidro, eu prometo! – ela disse brincando, mas Aya tremia por inteiro, sentia-se enjoada e tonta.

– Quer falar sobre isso? – Dotty perguntou, mas Aya balançou a cabeça. – Eu posso te contar do que tenho mais medo, se você quiser – com o braço em volta de Aya e um tom de voz gentil. – O meu maior medo é decepcionar minha mãe. Acho que é disso que se trata a minha dança, na verdade.

Em sua cabeça, como se estivesse a uma grande distância, Aya conseguiu se lembrar de Dotty dançando, com os braços estendidos para alguém. Sua mãe?

– Pode ser um medo ridículo, mas eu sei o quanto ela quer que eu seja uma bailarina, que eu siga os passos dela... Só que às vezes a ideia de passar sete anos na escola de balé me faz perder o ar.

Havia uma tranquilidade na voz de Dotty que pairava no ar entre elas. Aya fechou os olhos e tentou inspirar e expirar, concentrando-se no som da água nos canos, no zumbido das luzes elétricas. Depois do que pareceu uma eternidade, ela começou a falar.

– Na viagem até aqui – ela se ouviu dizendo, suas próprias palavras soando distantes –, nós viemos a contrabando... em um contêiner.

– Tipo... na traseira de um caminhão?

Aya assentiu.

– Havia muitos, muitos de nós lá dentro. Mais de trinta. Era a única maneira de sair da Síria. Por causa dos combates... e dos guardas da fronteira...

– Por quanto tempo? – Dotty perguntou.

Aya podia ver o reflexo das duas no espelho do outro lado do estúdio. O braço de Dotty em volta dela, segurando-a com força. Ambos os rostos pálidos como fantasmas no crepúsculo, como os rostos das outras pessoas no contêiner.

– Três dias, eu acho.

Aya lembrou-se da escuridão dentro da prisão de metal. Sem comida, sem água, quase sem ar.

– E se... assim, e se você precisasse ir ao banheiro?

Os olhos de Aya ainda estavam bem fechados. Ela podia sentir o braço de Dotty ao seu redor, podia ouvir sua respiração e tentou se concentrar nisso.

– Eles paravam às vezes e nos deixavam sair, mas nem sempre. Se houvesse guardas de fronteira armados, tínhamos de ficar escondidos.

– Não era... perigoso?

Aya não disse nada por um momento.

– Havia uma senhora idosa. Uma vovó... – ela começou a dizer.

O CONTÊINER

Aya lembrou-se do rosto da senhora – enrugado como uma amêndoa, olhos azuis lacrimejantes, observando-a através da escuridão dentro do contêiner.

Aya sentou-se com Moosa nos braços, embalando-o e abraçando-o firme em meio à escuridão, silenciando-o quando ele chorava.

– Chorar exige mais ar, Moosie – ela sussurrava, embora também sentisse vontade de gritar bem alto. Gritar e chorar bem alto para sair dali. Em vez disso, ela tentava diminuir a respiração, afastar o pânico que se apoderava dela no breu. A escuridão que se estendeu por horas e dias de choro, de sono agitado e sonhos com sufocamento. Aya tinha ouvido histórias de contrabandistas que vendiam refugiados como escravos e de pessoas que morriam na caçamba dos caminhões... Essas imagens dançavam nos sonhos da menina.

E então o som de cachorros latindo. A porta se abrindo. Luz branca, ar frio e salgado entrando. Vozes gritando:

– Aqui! Rápido, precisamos de um médico. Deve haver duas dúzias de pessoas aqui.

Piscadas para assimilar a luz. Ela já não tinha mais plena consciência de onde estava nem de como haviam chegado ali. Um cheiro... o pior que ela já sentira em toda a sua vida. Então os policiais entraram, carregando as pessoas para fora. Quando um oficial tentou tirar Moosa de seus braços, ela o agarrou com força e não deixou que o levassem.

– Ninguém vai machucar você nem seu irmão – disse o policial.

– Oxigênio! Precisamos de oxigênio! – Um médico colocou uma máscara no rosto da mãe, e eles a levaram para fora.

– Para onde a estão levando? – a voz de Aya saiu rouca.

– Nós vamos cuidar dela e de vocês também!

Então Aya se permitiu ser ajudada. Ela mal conseguia ficar de pé e não queria largar Moosa.

Do lado de fora, em um vasto depósito cheio de contêineres, Aya sentou-se, tremendo, embora a tivessem enrolado em um cobertor feito do que parecia ser papel alumínio, ainda segurando Moosa com força nos braços, recusando-se a soltá-lo. Ela observou os médicos ajudando as pessoas. Alguns conseguiam andar, outros precisavam ser carregados.

Ali era a Turquia. Eles haviam conseguido. Mas não todos eles.

Quando Aya olhou em volta, não conseguiu encontrar a velha senhora.

25

As duas permaneceram sentadas no estúdio pelo que pareceu uma hora – embora talvez tenham sido apenas dez minutos – até que elas finalmente ouviram o som de vozes do lado de fora e a maçaneta da porta chacoalhando. Um barulho de chaves. A senhorita Sylvie dizendo:

– Por que você trancou a porta se as meninas ainda estavam trabalhando lá dentro?

Aya ficou de pé num instante, correu para a porta aberta e saiu no saguão no mesmo segundo, as memórias do contêiner ainda girando em sua mente… a escuridão, a escuridão abafada. A velha senhora que não sobreviveu.

– Eu não fazia ideia, juro! – Ciara disse para a senhorita Sylvie. – Achei que elas tivessem ido para casa.

– Você não pensou em dar uma olhada para ter certeza? – questionou Dotty, aparecendo atrás de Aya.

– As luzes estavam apagadas – rebateu Ciara, encolhendo os ombros. – Eu só presumi…

Aya havia fechado os olhos e estava tentando afastar as lembranças da escuridão que ainda giravam ao seu redor.

– De qualquer maneira, como eu poderia saber que ela reagiria assim? – disse Ciara.

Aya sabia como devia parecer naquele momento: do mesmo jeito que a mãe parecia às vezes. Pálida, úmida, os olhos arregalados, sem cor. Abalada.

– Tudo bem, estou bem – conseguiu murmurar. – Estou bem.

– Quando você correu em direção à porta, eu pensei que sairia destruindo tudo o que estivesse na sua frente se precisasse – falou Dotty enquanto desciam as escadas.

– Foi assim que me senti.

– Acho que talvez seja isso o que a professora Helena quer dizer, sabe? Encontrar os lugares mais difíceis dentro de você e transformá-los em dança.

Aya olhou para Dotty. Ela sabia que a amiga estava certa; só não fazia ideia de como chegar lá.

– É por isso que Ciara não gosta de você e tal – disse Dotty, parando e virando-se enquanto caminhava na direção do carro de sua mãe que a esperava.

– Por quê?

– Por causa do que você desperta nas pessoas quando dança. Ela morre de medo disso. Assim como você tem medo de lugares fechados.

Aya quis perguntar o que ela queria dizer com aquilo, mas viu Bronte Buchanan no volante de seu 4x4. Ela parou. Dotty abriu a porta do carro e cumprimentou:

– Oi, mãe!

Aya ficou para trás e acenou para Dotty, dizendo que a veria amanhã. Então o carro partiu e Aya foi deixada na calçada, no escuro.

Quando voltou para o quarto, a mãe disse que eles precisavam ir embora.

26

Quando a senhorita Helena encontrou Aya se aquecendo no estúdio no dia seguinte, percebeu que o rosto da menina estava pálido e marcado por olheiras.

– Qual é o problema? – perguntou a professora de balé.

Aya se lembrou do semblante da mãe quando chegou em casa na noite anterior. A carta em sua mão.

– Precisamos nos mudar. Desocupar o quarto. Sair de Manchester.

A expressão da senhorita Helena permaneceu inalterada.

– Quando você soube disso?

– Ontem – sua voz soou tensa pelo esforço de tentar conter a emoção.

As outras meninas chegaram atrás da professora de dança e ouviram o que Aya disse.

Dotty parecia horrorizada.

– Por quê? Mas... não, eles não podem...

– E quanto à sua dança? – Blue perguntou.

– Para onde você vai? – questionou Lilli-Ella.

Aya podia ver seu próprio rosto pálido no espelho do estúdio. Estava sentindo a mesma sensação terrível de constrangimento e vergonha de quando Dotty lhe oferecera as roupas usadas, mas se esforçou para não demonstrar.

— Não temos escolha — ela respondeu. — O proprietário não nos deixa ficar. E aquele foi o único lugar que Sally conseguiu encontrar para nós.

— Vou falar com minha mãe... meu pai — falou Dotty, desesperada.

— Não sei! Com certeza existe algo que possamos fazer. Para ajudar, eu digo.

— Volto já, já — disse a senhorita Helena, falando pela primeira vez.

— Aqueçam-se enquanto esperam por mim, por favor, meninas.

A aula foi suspensa temporariamente, então as garotas se espalharam pelo chão, sob a velha e gasta barra, fazendo alongamentos e perguntas a Aya. Ciara ainda não havia chegado, e, por algum motivo, as outras estavam mais disponíveis e menos constrangidas perto de Aya.

— Não entendo como eles podem simplesmente mandar que você se mude só porque é refugiada — comentou Grace.

— Somos requerentes de asilo, não refugiados — disse Aya, corando de vergonha enquanto tentava explicar.

— Ah! — Blue levantou a cabeça depois de esticar a perna. — Existe alguma diferença?

Aya se lembrou de seu pai explicando o assunto para ela; parecia ter sido há um milhão de anos. No acampamento em Kilis, onde tiveram de preencher formulários para pedir o status de refugiados. Ela não havia entendido a situação, e o pai tentou explicar o que significavam as diferentes palavras.

— Se você vai para um novo país porque sua casa é muito perigosa, você pede "asilo". Significa um lugar seguro.

— Certo — retorquiu Dotty. — Então você é uma requerente de asilo?

Aya assentiu.

— E, se um país concorda em deixá-lo ficar, você se torna um refugiado.

— Então, na verdade, você meio que quer ser refugiada? — perguntou Lilli-Ella. — É uma coisa boa?

Aya fez que sim com a cabeça. Ser um refugiado significava estar em segurança, poder ficar e ter um futuro.

— Eu não sabia o que isso significava — falou Blue. — Eu sei que é burrice, mas...

— Eu também não sabia — disse Aya. — Antes — pensando em todas as coisas sobre as quais ela não sabia nada antes: bombas, guerra, não ter um lar e sentir medo. Que bom que as outras ainda não sabiam nada sobre aquilo tudo.

— Então talvez você não tenha permissão para ficar na Inglaterra? — indagou Grace com um olhar de preocupação.

— Eles poderiam mandar você para casa? — Lilli-Ella qui saber.

— Talvez. É complicado.

— Como diabos isso é complicado? — disse Dotty, parecendo indignada. — Sua casa fica em uma zona de guerra. Para onde eles querem que você vá?

— Quem decide essas coisas, afinal? — perguntou Blue, esquecendo-se de seus alongamentos enquanto contemplava a injustiça do sistema.

— Temos que fazer uma apelação — esclareceu Aya. — Em breve. No tribunal... com um juiz.

— E vocês têm um advogado? — Dotty perguntou.

— Temos um assistente social, mas acho que ele não é advogado. — E encolheu os ombros. Ainda que ela conhecesse um advogado, sua família não teria dinheiro para contratá-lo.

Dotty parecia perturbada, com o rosto franzido.

— Isso não pode acontecer. Você não pode ir embora de jeito nenhum!

Aya apenas olhou para ela.

— Talvez não tenhamos opção. As pessoas nem sempre podem escolher.

CAMPO DE REFUGIADOS DE KILIS, TURQUIA

O campo de refugiados de Kilis foi o lar deles durante todo aquele inverno. Logo após a fronteira entre a Turquia e a Síria, Kilis era uma vasta cidade de contêineres brancos, que se estendiam em fileiras até onde a vista alcançava. O pai disse que havia mais de 13 mil refugiados amontoados naquele campo; havia jardins de infância, uma escola improvisada, um hospital. Parecia uma cidade, mas não era. As pessoas sobreviviam ali numa espécie de limbo; era impossível seguir em frente, impossível voltar para casa. Os jovens, os fortes — aqueles que tinham condições — seguiam viagem. O restante — idosos, doentes e pobres — ficava sentado fora dos contêineres o dia inteiro, observando, esperando, existindo; mas não vivendo. As crianças corriam para cima e para baixo nas fileiras de tijolos entre os contêineres, chutando bolas de futebol feitas de sacos plásticos e brincando com carrinhos feitos de arame. Era seguro, no geral, mas não era um lar.

Depois de fazerem o cadastro, eles receberam cartões que lhes davam direito a rações da tenda de alimentação e outras necessidades básicas. O pai tentou apresentar tudo aquilo como uma aventura, um acampamento de férias. Mas a mãe odiava. Ela odiava o contêiner abafado, as filas e mais filas de pessoas, as centenas de outras que chegavam todos os dias, atravessando a fronteira como uma multidão de desapropriados. Odiava termos de viver como mendigos, despojados de todas as coisas que nos conferiam humanidade. Odiava termos de fazer fila para comer e compartilhar as já escassas instalações de lavagem com estranhos.

– Eles me assustam – dizia ela. – Seus olhos... sempre fixos. Parecem tão vazios.

O pai tentava tranquilizá-la dizendo que era tudo temporário. Ficaríamos ali apenas até ela estar bem o suficiente para nos mudarmos outra vez, depois iríamos para a Inglaterra e encontraríamos um novo lar, começaríamos uma nova vida. Ele abraçava mamãe e dizia-lhe para ser corajosa, só por um tempinho, e tudo ficaria bem novamente. Eles encontrariam um lar adequado, o pai dizia.

– Tudo ficará bem.

E então chegou o inverno.

Aya nunca se esqueceu do frio, da fome, da doença. O pai ajudou no hospital do campo, onde tratou casos de hipotermia e desnutrição grave, além de muitas doenças que se espalhavam como fogo pelo campo superlotado: febre tifoide, cólera, disenteria...

Eles estavam entre os sortudos. Tinham algum dinheiro, não muito porque haviam partido às pressas, mas o suficiente para comprar comida no mercado negro da cidade quando os mantimentos acabavam no campo, como acontecia com frequência. Também tinham o pai para mantê-los bem e seguros. Mesmo assim, quando a neve caiu e Moosa chorou a noite toda por causa do frio intenso, a única coisa que fez Aya persistir foi a dança.

Ela conheceu no campo uma jovem chamada Rosarita, que viera do leste da Síria e treinara com madame Belova antes de fundar sua própria escola de balé. A cidade dela havia sido invadida pelas forças do Estado Islâmico, e muitas pessoas – incluindo seu marido – foram mortas ou raptadas.

– Digo a mim mesma todos os dias que tive muita sorte em conseguir escapar – disse ela a Aya.

– Mas... e seu marido?

– Preciso pensar nas coisas que consegui salvar, não somente nas que perdi – Rosarita confessou.

– Como você faz isso?

– Lutando contra a corrente – disse ela com um sorriso –, contra a maré que sempre me arrastaria de volta ao passado. Tenho que seguir em frente ou acabarei... – e hesitou – me afogando.

Aya não a entendia naquela época.

Rosarita dava aulas de dança na tenda improvisada que servia como escola para todas as crianças interessadas. Não era a mesma coisa que treinar com madame Belova. Eles tiveram de usar caixotes como barras, e poucas crianças tinham sapatos. Rosarita tocava música conectando um iPod antigo a um pequeno alto-falante. Mas aquelas aulas permitiram que Aya mantivesse sua flexibilidade e algumas de suas habilidades. Às vezes ela pensava que aqueles momentos eram a única coisa que a ajudavam a sobreviver ao terrível inverno.

Quando chegou a primavera, a mãe ainda estava fraca, mas bem o suficiente para viajar. Então eles compraram passagens para embarcar em um ônibus que os levou pelo oeste da Turquia. Aya sentou-se ao lado do pai, observando a estrada serpentear pelas aldeias e cidades, pelas montanhas e pelos matagais rochosos enquanto ele falava sobre o belo futuro que haveria para a família na Inglaterra.

– Vamos andar em ônibus de dois andares, comer peixe com batatas fritas e tomar chá com a rainha! – ele riu, puxando Aya para perto de si, as lembranças do acampamento desaparecendo enquanto ele falava.

– Com a rainha?

– E com todos os corgis dela! – acrescentou com um sorriso. – Podemos construir uma nova vida lá. Uma vida de verdade. Encontraremos uma escola de dança, e lá você fará novos amigos.

A única coisa que deixou Aya triste ao deixar o acampamento foi se despedir das aulas de dança com Rosarita.

– Uma escola de balé? Mesmo?

– A melhor escola de balé da Inglaterra! – O pai riu. – E a nossa própria casa com jardim. Os ingleses gostam muito de jardins. Eles também gostam de animais de estimação! Talvez possamos adotar um gato ou um peixinho dourado!

Ele falava sem parar, criando imagens da Inglaterra que se pintavam em cores vivas na mente de Aya. Ela ria enquanto ele a abraçava, sonhando em dançar novamente num jardim inglês verdejante sob um céu ensolarado; em dançar pela grama do seu novo lar.

27

Aya se dedicou a preparar-se para a audição. O que mais ela poderia fazer? Todo o resto estava fora de seu controle. Eles teriam de se mudar em menos de uma semana, e ela não fazia ideia de como conseguiria fazer as aulas de dança depois disso. Ainda assim, essa não podia ser sua preocupação por enquanto. Tudo o que ela podia fazer era trabalhar o máximo que pudesse e torcer para que não a mandassem embora antes do teste. Nas aulas, ela não prestava mais atenção aos comentários sarcásticos de Ciara, não ouvia mais os suspiros e gemidos de Dotty nem as risadas das outras meninas; concentrava-se apenas em seu próprio trabalho. A senhorita Helena disse que não importava que Aya não tivesse comparecido aos testes pré-eliminatórios. Mas Aya não queria correr esse risco. Ela queria aperfeiçoar todos os seus movimentos e atingir o seu melhor resultado. Queria fazer isso acontecer.

Se ela passasse no teste, eles não poderiam mandá-la de volta para a Síria. Pelo menos foi o que Dotty havia dito.

– Eu pesquisei no Google. Você pode conseguir um visto de estudo, e então eles teriam de deixar você ficar.

– E quanto à minha mãe? E Moosa?

Dotty franziu a testa.

– Não tenho certeza de como eles ficariam; meu juridiquês não é tão bom. Mas, se você estiver aqui, deve ficar mais difícil para o pessoal da imigração expulsar sua família, certo?

– Eu acho que sim – respondeu Aya.

Ela não sabia se Dotty estava certa; o assistente social pareceu confuso quando ela perguntou sobre o assunto.

– Não costumo lidar com escolas de balé normalmente. Não faz parte da minha área de especialização – ele disse. Mas, se houvesse ao menos a possibilidade de Dotty estar certa, Aya teria de passar no teste. Era imprescindível.

No entanto, por mais que Aya se esforçasse, não conseguia elaborar a dança ideal para apresentar. Ela trabalhava na performance com a professora Helena e Dotty, trabalhava sozinha no quintal, no quarto, no estúdio vazio, trabalhava até mesmo na cama pela noite, repetindo os passos mentalmente, tentando fazer com que os movimentos se ajustassem à história, tentando fazer com que seu corpo revelasse suas origens, os lugares por onde havia passado. Mas o resultado nunca a satisfazia. Parecia... desconfortável. Ela não conseguia se perder na dança como fazia quando dançava em casa.

Aya perguntou à senhorita Helena se ela poderia elaborar uma dança sobre outra coisa, inventar uma história que não fosse a sua. Seria mais fácil, ela argumentou.

– Mais fácil, sim, mas menos honesto. Menos impactante – respondeu a professora. – A melhor dança não é fácil; nem de executar nem de assistir.

– Mas eu não consigo deixá-la do jeito certo – disse Aya.

– Fácil... certo... essas não são palavras para uma dançarina – refutou a senhorita Helena. – São palavras para um menino travesso fazendo aula de matemática. Talvez nunca dê certo, talvez sempre seja difícil; mas talvez isso a torne mais bonita!

– Talvez – repetiu Aya.

Mas a dança não estava bonita. Estava esquisita, pomposa demais, e, a despeito de suas árduas tentativas, parecia impossível se perder nela. A garota temia que, se o fizesse, talvez nunca mais encontrasse o caminho de volta.

– Pensei em entrar e assistir a uma das aulas – a voz era baixa e melodiosa, vinha do lado de fora do saguão enquanto as meninas se posicionavam na barra. Faltavam apenas alguns dias para Aya e sua família serem despejados. – Se a senhorita Helena me permitir, é claro.

Risadas tilintantes e cheiro de perfume caro atravessaram a porta. Todas as meninas ergueram os olhos e trocaram olhares entusiasmados. O coração de Aya começou a bater forte.

– Seria maravilhoso ter você na aula, Bronte – a voz agora era da senhorita Sylvie. – Sei que todas as meninas vão gostar da sua presença.

Aya encarou Dotty, que olhava para a porta com uma expressão ilegível no rosto.

– Visita oficial da minha mãe – declarou em voz alta.

– MEU DEUS! – falou Lilli-Ella. – Bronte Buchanan está vindo para a nossa aula!

– Sem estresse – pediu Dotty. – Ela não vai achar nada de errado em ninguém além de mim!

Em seguida, a mesma voz melodiosa disse:

– Tenho estado muito ocupada com os ensaios para a nova temporada e tudo o mais. Mal sei como está indo a preparação de minha filha para o teste – Dotty gemeu. – E ela tem falado muito sobre Aya. – A voz foi se aproximando do estúdio, assim como os passos leves. – Estou curiosa, confesso.

Todas as garotas se viraram para ver a convidada. Aya percebeu que seu coração batia mais forte do que nunca e seu estômago estava revirado.

– Ai, eu queria ter ajeitado melhor meu cabelo – suspirou Blue, cujos cachos ruivos escapavam descontroladamente do coque, desafiando todas as tentativas da menina de subjugá-los.

– E eu queria ter ajeitado minhas piruetas – disse Grace, revirando os olhos.

– Sem estresse, ela só veio dar uma olhada na criança de guerra – falou Ciara, e Aya sentiu-se ainda mais desconfortável. – Bronte tem conversado com a minha mãe sobre más influências... sobre a queda dos padrões.

De qualquer maneira, já era tarde para ajeitar seja o que fosse, pois no mesmo instante a senhorita Helena entrou na sala, acompanhada por uma figura pequena e esbelta que vestia um elegante conjunto cinza e sapatos vermelhos com pompons prateados na ponta. Todas as garotas ficaram em posição de sentido, e Aya pôde sentir os olhos de Bronte passando pela fileira antes de pousar nela.

– Ok, meninas, vamos continuar com nossos *battement jetés*[21].

Aya sentiu-se corar, mas então lembrou-se da senhorita Helena dizendo: "A Inglaterra é um país de refugiados; um país que tem orgulho de ajudar os desamparados". As palavras voltaram para Aya quando a música começou, e ela ergueu os olhos para encontrar os de Bronte Buchanan.

– Não tenho nada de que me envergonhar – disse ela a si mesma.

Ela tentou afastar todos os pensamentos que não envolviam a dança, mantendo os ombros nivelados e a perna de base virada para fora. Do outro lado das portas daquele estúdio, ela era uma requerente de asilo, uma futura refugiada, uma menina pobre da Síria, uma criança sem pai vinda de uma zona de guerra. Mas ali, na barra, usando *collant* e sapatilhas de balé, ela era como qualquer outra bailarina. A dança transcendia fronteiras, não se importava com idiomas, cor da pele, nacionalidade, religião. Não exigia passaporte, papelada nem "Licença de Permanência". Não podia ser bombardeada, destruída ou afogada. Era um espaço seguro, mas ia ainda além disso. Era um espaço atemporal onde as guerras, o amor e a família já existiam antes, hoje e sempre. A dança estava lá antes de tudo isso acontecer e continuaria lá muito depois de tudo acabar.

Ela não percebeu que estava dançando de um jeito diferente naquele dia, que seus pensamentos fluíam por seus membros até nos movimentos mais simples; que as lembranças, a tristeza, a alegria, a melancolia e a resistência dela estavam sendo canalizadas para os seus braços no *port de bras*, para a perna estendida em seu *arabesque en fondu*, dando-lhe uma postura mais forte e reta, mais expressividade no inclinar da cabeça, fazendo brilhar uma luz intensa em seus olhos, magnética e poderosa além da medida.

Terminada a aula, Aya fez uma reverência à senhorita Helena e a Bronte Buchanan, e ao olhar para cima, nervosa, encontrou os olhos da famosa dançarina, que a encarava com uma expressão peculiar no rosto. Bronte Buchanan a fixou, inclinou a cabeça e sorriu. Então virou-se para a senhorita Helena e disse:

– Agora eu entendo.

---

[21] Movimento em que o pé se levanta do chão em ponta e depois toca o chão novamente.

28

— Obrigada por me deixar assistir à aula. — Enquanto as meninas vestiam suéteres e *leggings* no saguão, Bronte Buchanan se aproximou para conversar com elas. — Fiquei muitíssimo impressionada… com todas vocês.

Ciara sorriu como se o elogio fosse somente para ela.

— Lilli-Ella, seu *floorwork*[22] está excelente — opinou Bronte. — Blue, fiquei muito impressionada com as suas belas linhas, e Grace, que melhoria no *port de bras*!

As três garotas pareciam emocionadas com os elogios.

— Ciara, você está adorável, é claro — sorriu, o que levou Dotty a fazer uma careta para Aya. — Imagino apenas como seria bom ver um pouco mais dos seus pensamentos, dos seus sentimentos enquanto você dança.

— Não seria NADA bonito de se ver! — Dotty murmurou.

— Dotty — Bronte virou-se para a filha, e a menina corou de um jeito que Aya nunca tinha visto antes e a fez lembrar-se da expressão suplicante em seu rosto durante a dança para a audição. Então a mãe abriu um sorriso gentil. — Algo mudou na maneira como você se move, algo que não consigo identificar, mas gosto.

---

[22] Movimentos realizados no chão, com ou sem auxílio da barra.

Dotty sorriu.

– Obrigada – conseguiu dizer.

– Mas seria bom se você conseguisse demonstrar um pouco mais de entusiasmo! – Bronte acrescentou. – Há muitas garotas sonhando com a oportunidade que você tem.

O semblante de Dotty murchou e ela parecia querer dizer alguma coisa, mas Bronte já havia seguido em frente.

– E Aya. É Aya, certo?

A menina fez que sim com a cabeça, sentindo os olhos de Bronte a examinarem outra vez. Ela podia sentir todas as outras garotas olhando para ela também.

– Aya, ouvi dizer que você está se preparando para uma audição na Royal Northern – Bronte quis saber. Era minúscula com seus sapatinhos baixos; até Grace se elevava sobre a mulher. Por algum motivo, a bailarina famosa não era tão ameaçadora quanto ela havia pensado antes.

Aya concordou.

– Bem, desejo-lhe sorte – falou Bronte. – Você merece.

– Obrigada – foi tudo o que Aya conseguiu dizer.

Bronte sorriu e virou-se para a filha.

– Dotty, talvez agora que seu pai voltou da viagem de negócios, Aya queira vir à nossa casa às vezes. Vocês poderiam praticar juntas no estúdio. Seria divertido, não acha?

Dotty se iluminou um pouco mais.

– Ah, sim, seria incrível! Se... hum... Aya quiser, é claro.

Bronte virou-se para ela com um sorriso divertido no rosto.

– Você gosta da ideia, Aya?

Aya observava a bailarina. A maneira como ela se posicionava e até mesmo a maneira como mantinha a cabeça transmitia uma elegância, uma beleza indescritível.

– Sim... – ela gaguejou. – Eu gosto, sim.

– Talvez neste sábado depois da aula? – As duas meninas assentiram, e Bronte sorriu. – Bom. Porque às vezes eu acho que conhecemos algumas pessoas por um motivo. Agora preciso ir. Que bom ver vocês, meninas.

Ah, e, Dotty, seus *jetés* bagunçados estão muito melhores do que eram! Mas continue trabalhando neles.

— Uau — disse Dotty depois que ela saiu. — Como minha mãe consegue fazer um elogio parecer tão... pouco elogioso?

Izmir, Oeste da Turquia

O sol ainda estava nascendo quando eles desceram do ônibus, mas a cidade portuária já estava movimentada. Eles foram imediatamente abordados por vendedores ambulantes que tentavam vender-lhes de tudo, desde comprimidos para enjoo até embalagens onde guardar seus objetos de valor. Havia outros que se aglomeravam, dizendo em voz baixa e suave:

— Vocês estão procurando um barco? Eu tenho um bom barco. É muito confiável. Levo você e sua família para a Grécia sem problemas.

Aya odiava a maneira como aquelas pessoas se aproximavam de sua família — como aves de rapina —, e logo Moosa começou a choramingar.

O pai os deixou em um café na praça da cidade enquanto ia ajeitar tudo. Por toda a praça havia lojas vendendo coletes salva-vidas — azuis, laranja, vermelhos —, bolsas à prova d'água, boias de borracha. Havia placas oferecendo "acomodação pré-travessia" e "seguro de viagem para migrantes". Havia até uma loja vendendo uniformes de policiais com coletes salva-vidas entre as mercadorias penduradas na entrada. Os refugiados eram um grande negócio numa cidade que lucrava com a crise migratória.

O pai voltou algumas horas depois e os levou para o quarto onde ficariam até que as condições fossem adequadas para navegar. Houve fortes tempestades, e ainda não era seguro atravessar as marés, disse ele.

— Quanto tempo vai levar? — a mãe perguntou.

— Depende dos planos de Alá para o vento e o clima! — O pai sorriu.

— Logo, eu espero.

Havia centenas de famílias como a nossa na cidade. Algumas estavam lá há meses, algumas ficaram apenas algumas semanas, e outras chegavam todos os dias. A maioria vinha da Síria, todas querendo fazer a travessia para a Grécia a fim de pedir asilo na Europa. Não havia futuro para ninguém ali, disse o pai, porque não conseguiam licença para trabalhar. E voltar não era uma opção.

Nem todos tinham dinheiro suficiente para contratar os proprietários dos barcos e fazer a travessia, portanto muitas pessoas trabalhavam ilegalmente para conseguir a quantia; vendiam cigarros e álcool na praça da cidade, fugindo da polícia turca e dos funcionários da alfândega. Aya fez amizade com um garoto chamado Tariq, cuja família estava lá há quase um ano, vendendo bugigangas em ruas paralelas para juntar dinheiro e fazer a travessia.

– Nem todo mundo consegue – o menino disse a Aya.

Os dois estavam na praça da cidade, Aya havia acabado de tentar ensiná-lo a fazer um grand jeté, o que resultou na queda dos dois no chão.

– Como assim?

– Meu pai diz que há mais sírios no fundo do mar do que nas ruínas de Alepo – disse Tariq, encolhendo os ombros. Ele tinha dez anos, mas era pequeno para sua idade; seus olhos eram escuros e penetrantes como pedrinhas na praia, seus braços e pernas eram finos e rijos.

– Bem, meu pai diz que vale a pena arriscar.

Tariq deu de ombros outra vez.

– Só estou dizendo. Eu já vi pessoas sendo mandadas de volta. E ouvi suas histórias também.

– Mandadas de volta?

– Sim, algum novo acordo entre a União Europeia e a Turquia – disse ele, erguendo o queixo com um ar de superioridade, como se de repente tivesse se transformado em um político. – Mesmo que vocês consigam, eles ainda poderão mandá-los de volta para cá se forem pegos.

Aya o encarou preocupada. Ele se balançava para a frente e para trás, os olhos de pedrinhas brilhando.

– Isso não é verdade – disse Aya. – É?

– Pergunte ao seu pai, ele lhe dirá! – disse Tariq. – Vamos, me mostre aquele movimento outra vez.

Então Aya o ensinou a esticar a perna no ar, garantindo que a cabeça se movesse em harmonia com o corpo, pousando-a depressa no final. Tariq aprendia rápido, pensou ela. Poderia ter sido um bom bailarino – talvez ainda se tornasse um. Mas por enquanto vendia bugigangas aos turistas nas ruas.

29

A casa de Dotty era… bem, não era realmente uma casa, era mais como uma mansão.

– É meio constrangedor viver em um lugar como este – disse Dotty. – Parece um cenário de *reality show* ou algo do tipo.

Bronte Buchanan, conduzindo as meninas dentro do carro pela entrada da frente, soltou uma risada aguda.

– Dotty, você diz as maiores bobagens.

– Ah, eu sei que temos muita sorte, mas… bem, depois de tudo que Aya passou. Para ser honesta, eu fico me sentindo extremamente culpada por ter isso tudo! – Dotty agitou os braços apontando a mansão palaciana em estilo Tudor, a ampla entrada de automóveis, a garagem grande o suficiente para acomodar quatro carros.

– É linda – Aya disse baixinho.

– Sério, mãe, ainda não entendo por que Aya e a família dela não podem simplesmente vir morar aqui com a gente.

Aya sentiu seu estômago revirar.

– Dotty, já conversamos sobre isso…

– Mas seria só até eles resolverem as coisas – insistiu Dotty. – Nós temos muito espaço.

Aya sentiu vontade de enterrar a cabeça no banco de trás e morrer. Foi como na vez em que Dotty lhe deu as roupas, só que pior. Era óbvio que Bronte Buchanan odiava a ideia de ter uma família de requerentes de asilo vivendo sob seu teto.

– Dotty, as coisas são muito mais complicadas do que você pensa – justificou a mãe ao parar no caminho de cascalho em frente à casa. – Então, por favor, esqueça isso.

– É que não me parece certo, só isso – insistiu Dotty.

– Por favor – falou Aya. – Não tem problema.

Ela e Bronte se olharam por um momento no espelho retrovisor, mas Aya logo desviou o olhar.

– Está bem! Este é meu pai. – Dotty foi arrastando Aya para fora do carro e apresentando-a a um homem alto que havia saído de casa para cumprimentá-las. Tinha os mesmos olhos sorridentes e a pele cor de chocolate de Dotty. Seus cabelos eram grisalhos nas têmporas, ele vestia um elegante terno risca de giz e óculos antiquados que o faziam parecer um garoto. O homem abriu um sorriso tão largo quanto o de Dotty quando apertou a mão de Aya e disse:

– Ah! A famosa Aya! Minha filha e minha esposa falam tanto de você que comecei a ficar um pouco enciumado!

Ele riu, e Aya achou impossível não sorrir de volta. O senhor Buchanan tinha uma aura agradável ao seu redor que de alguma forma a lembrava de seu pai e ajudava a dissipar o constrangimento que a dominava.

– E é claro, se você quiser saber alguma coisa sobre dança, pode me perguntar. Acho que sou o dançarino mais talentoso da família! – Ao dizer isso, o senhor Buchanan ergueu os braços no ar e fez o giro mais terrivelmente desajeitado já visto, e Dotty resmungou alto.

– Pai, que *vergonha*!

– O que foi? – exclamou, fingindo surpresa. – Eu dancei *O Lago dos Cisnes* com Nureyev, você não sabe?

– Vamos, Aya. O que você quer ver primeiro, meu quarto ou o estúdio de dança? Ah, que pergunta idiota. Vem!

– Divirtam-se! E não se esqueçam de trabalhar nesses *jetés* – gritou Bronte atrás delas, mas Dotty não respondeu. – Levo Aya de volta às cinco, ok?

O estúdio de dança de Dotty ficava no conservatório, que havia sido especialmente adaptado com piso flutuante e uma fileira de espelhos com uma barra em todo o comprimento. As paredes eram decoradas com fotos de várias bailarinas, mas, quando Aya olhou de perto, nenhuma delas era a própria Bronte.

– Até minha mãe acha que treinar diante do próprio olhar atento dela seria um pouco intimidante! – Dotty riu.

– Quem é? – Aya foi até uma das fotos de uma jovem bailarina de olhos escuros, *en attitude*[23].

– Essa é a senhorita Helena de novo – disse Dotty. – Ela era adorável, não era?

Aya assentiu. A garota na foto era jovem, talvez no início da adolescência, e a data na parte inferior era 15 de julho de 1947. A senhorita Helena disse que havia deixado seus pais e sua família quando era mais nova que Aya, durante a guerra com a Alemanha, há muitos, muitos anos. Aya se questionou se ela os havia encontrado outra vez depois disso. Como será que ela continuou dançando sem eles? Como continuou treinando todos os dias? Como resistiu à maré?

– Vem, vamos fazer um lanche! – disse Dotty. – Uma garota não pode viver só de balé! E a professora Helena disse que precisamos alimentar você para o teste!

A cozinha era um vasto cômodo, imensas bancadas de mármore, piso de pedra branca, uma mesa gigante de madeira e enormes portas de vidro exibindo a vista para o jardim.

– Como era sua casa? – Dotty perguntou enquanto as duas se sentavam para tomar leite e comer biscoitos caseiros.

---

[23] Posição em que o dançarino se mantém apoiado em uma perna enquanto a outra é levantada para a frente, para o lado ou para trás com o joelho arqueado.

– Ah, era um apartamento – disse Aya. O sol brilhava através das portas de vidro, lançando sombras ensolaradas na mesa, fazendo-a lembrar-se do sol de fim de verão em Alepo.

– Legal! – disse Dotty.

– Não era tão grande quanto a sua casa, mas era bonito. Tínhamos um terraço, dava para ver toda a cidade. E minha escola de dança era muito perto. – Aya não havia falado com ninguém sobre sua casa desde que chegara. De alguma forma, era bom lembrar. – Eu ia andando até lá sozinha antes da guerra. Também ficava perto do hospital onde meu pai trabalhava e perto do parque que tinha piscina. E do mercado...

– Ah, isso me deu uma ideia! – Dotty deu um pulo, animada. – Eu volto já!

Então ela saiu correndo pela porta, deixando Aya sozinha na vasta cozinha, lembrando-se da vista do terraço, do castelo que se elevava sobre a cidade, da caminhada até a escola...

– Seu pai era médico, certo? – Aya ergueu os olhos e viu que o senhor Buchanan havia entrado e estava parado junto ao balcão com uma xícara de café.

– Ah... hum... sim, ele trabalhou na Inglaterra. Em Birmingham.

– É mesmo? Sua mãe não mencionou isso.

– Você conheceu minha mãe? – Aya pareceu surpresa.

– A senhorita Helena é muito boa em fazer apresentações. – O pai de Dotty abriu um sorriso largo. – E você sabe onde seu pai trabalhava? Ou com quem ele trabalhou?

Dotty lembrou-se do nome do consultor com quem o pai havia entrado em contato e contou a ele.

– E ele também trabalhou com médicos britânicos no campo de Kilis. Cruz Vermelha.

– Entendi – disse o senhor Buchanan, pensativo. – Isso pode ser útil, eu acho...

– Útil? – disse Aya. Ela queria perguntar ao senhor Buchanan o que ele queria dizer com isso, por que queria saber sobre o pai, por que estava conversando com a mãe. Mas não houve tempo, pois nesse momento Dotty entrou saltitante na cozinha com um sorriso gigante no rosto.

– Vem! – disse Dotty. – Vamos nadar.

Izmir, oeste da Turquia

Moosa nunca tinha visto o oceano antes. E Aya só tinha ido à praia algumas vezes quando era mais nova, antes do início da guerra. Ela mal se lembrava, na verdade. Moosa ria sem parar quando eles mergulharam os dedos dos pés nas ondas. O menino tinha acabado de começar a engatinhar e tentou colocar pedrinhas na boca enquanto o pai mostrava a Aya como fazer as pedrinhas deslizarem pelo oceano plano que cintilava em turquesa sob o sol da recém-chegada primavera. Depois eles recolheram conchas, escolhendo as que tinham as melhores cores, os formatos mais bonitos. O pai pegou uma concha e colocou-a na palma da mão de Aya, apontando para a mancha de terra no horizonte.

– Veja, não está longe. Apenas alguns quilômetros através do mar e estaremos na Europa.

– É seguro? No barco? – pensando no que Tariq havia dito sobre as pessoas que não sobreviveram e agora estavam no fundo do mar.

– É claro – respondeu o pai.

– E, se chegarmos lá, eles não poderão nos mandar de volta, não é? – Ela se lembrou do rosto de Tariq ao dizer isso, inclinando-se para trás e lançando a notícia como um desafio.

O rosto do pai se franziu.

– Eles podem, mas não vou deixar isso acontecer – respondeu.

– Como?

– Conheço pessoas da Cruz Vermelha, colegas na Inglaterra. Eles não conseguem me dar um visto para trabalhar na Turquia, mas, quando chegarmos na Europa... bem, médicos qualificados são sempre necessários.

Aya olhou para onde a mãe estava sentada com Moosa perto das pedras. Era um dia quente de primavera, mas ela estava enrolada em um cobertor. Sua aparência havia melhorado; parecia mais saudável do que Aya a vira em muito tempo, dando risada enquanto brincava com Moosa. O pai olhou na direção dela e depois se voltou para Aya, assumindo uma expressão séria.

– Habibti – disse o pai. – Se alguma coisa acontecer comigo, se nos separarmos... se algo der errado... Cuide da mamãe, ok?

E retirou do bolso um saco plástico contendo um maço de euros e uma folha de papel, escrita com a caligrafia ilegível e irregular do pai.

– Papai, eu...

Ele olhou para a mulher novamente.

– Cuidem uns dos outros – disse ele. – Vão para a Inglaterra, e eu encontro você lá, ok? Fique com este dinheiro. Lá há pessoas que vão te ajudar. Combinado?

– Mas, papai...

– É só por precaução, habibti – assegurou-lhe, envolvendo-a com um braço e passando a mão pelos cabelos dela, os olhos escuros suavemente sérios enquanto falava. – Só por precaução. Sou sempre a favor de se planejar para o pior e esperar o melhor.

Aya ainda pensava nas histórias de Tariq sobre barcos virados e autoridades gregas mandando pessoas de volta.

Mas o pai abriu um sorriso, jogando uma concha para cima e a resgatando na palma da mão.

– Agora me mostre esse novo movimento em que você está trabalhando, aquele em que você paira no ar. Ou aquele em que salta como um gato – ele sorriu, seus olhos amendoados refletindo as ondas do oceano. – Dance para mim, habibti.

Aquela foi a última vez que Aya dançou para ele.

30

O mundo parou por um segundo. Dotty já estava pronta para ir; bebeu de uma vez só o restante do leite, enfiou outro biscoito na boca e caminhou em direção à porta.

– Eu não disse que temos piscina? É ao ar livre, então temos que aproveitar os raros momentos de sol que temos aqui.

– Mas eu... – Aya começou a dizer. A voz dela soou distante, desconectada, como na vez em que as duas ficaram trancadas no estúdio. Mas dessa vez a sensação era ainda pior.

– Não se preocupe! Eu te empresto uma roupa de banho. – Dotty saiu puxando Aya da mesa. – Se ficarmos mais tempo, papai nunca vai parar de falar, e você vai morrer de tédio. Vem!

– Ei, mocinha, fique sabendo que sou MUITO interessante! – gritou o senhor Buchanan enquanto elas desapareciam escada acima.

Aya não se deu conta de que estava se trocando nem percebeu Dotty jogando várias roupas de banho na direção dela, pegando toalhas, falando sem parar. Ela mal prestou atenção no quarto gigante de Dotty, nos oceanos de carpete grosso, macio e cor-de-rosa, na cama rodeada de organza como se ela fosse uma princesa, nos ursinhos de pelúcia e brinquedos empilhados, nas roupas espalhadas pelo chão e saindo dos guarda-roupas gigantescos. Aya só percebia que tudo parecia mais brilhante do que o normal, enquanto as lembranças batiam nas bordas de seus pensamentos, como uma corrente marítima que havia diminuído por um instante, mas agora erguia-se em ondas furiosas.

As duas desceram as escadas, passaram pelo corredor de mármore, atravessaram as portas do pátio e caminharam sobre o chão quente do lado de fora.

Dotty dava risada, mas a cabeça de Aya parecia vazia, como se um vento distante assobiasse dentro dela. Mal conseguia sentir as pernas e os braços e, quando olhou para o céu azul acima, imagens gravaram-se em sua mente – palavras, frases, um lampejo, como uma fotografia aparecendo de repente em algum lugar de seu cérebro vazio. Ficou ali por um momento, depois se foi.

– Vem! Vamos ver quem chega primeiro! – Dotty chamou. Ela usava um traje de banho vermelho coberto de pontinhos brancos, e em algum lugar do cérebro de Aya ela percebeu uma rima tocando: *Spotty*[24] *Dotty* enquanto os pontos giravam diante de seus olhos.

Então Dotty saltou no ar e caiu na piscina; Aya sentiu o pânico aumentar. Ela fechou os olhos e sentiu a onda alcançá-la.

A voz de Dotty, em algum lugar distante:

– Entre! Está uma delícia.

Mas ela parecia distante, até que o tsunami de memórias a alcançou e não houve como as conter.

O Oceano Mediterrâneo

O barco em que entraram havia sido projetado para comportar no máximo doze pessoas, mas havia trinta espremidas dentro dele. Cinza, inflável. Era da cor das ondas, Aya pensou quando o viu – não muito maior do que os barcos infláveis com os quais brincavam no parque aquático de Alepo. Antes de ser bombardeado, é claro.

---

[24] Significa "repleto de pontos" neste contexto.

Saíram de uma praia isolada à meia-noite para que a polícia turca não os visse. Micro-ônibus parando sobre os seixos, grupos de pessoas esperando na margem pedregosa, seus pertences armazenados em sacos de lixo pretos. Bebês com coletes salva-vidas chorando. Os homens avisando, aos gritos, que todos precisavam se apressar. Moosa chorando a plenos pulmões quando a água fria o atingiu.

As ondas estavam agitadas quando eles partiram, balançando o pequeno barco para cima e para baixo, fazendo Aya se sentir enjoada com o movimento. Mas o pai a segurou com firmeza e contou-lhe a história de uma princesa que partiu em busca de uma terra mágica para escapar do dragão que engolira a casa dela.

– Ela dançou através das ondas – o pai lhe disse. – Dançou sobre as montanhas, atravessou os vales, dançou até seus chinelos virarem trapos...

Os ventos aumentaram quando o barco chegou ao mar aberto. Parecia um brinquedo de gato, sendo sacudido de um lado para o outro pelas ondas, fazendo as pessoas passar mal. Aya se lembrou do cheiro forte do vômito, da ardência do sal marinho em seus olhos, dos gemidos baixos e aterrorizados de Moosa.

O homem no comando gritava, mas Aya sentia muito frio e estava molhada demais para ouvir o que ele dizia. Ela tremia sem parar, e o pai a segurava com tanta força que seu corpo doía.

De repente alguém estava na água, e havia gritos, e pessoas tentando freneticamente puxá-lo de volta. Logo outra onda atingiu o barco, e Aya foi arrancada dos braços do pai. Tudo estava escuro, confuso, e ela se viu na água, ofegante, com dificuldade para respirar, gritando:

– Papai! Papai!

Após o vislumbre de um colete salva-vidas azul, ela pôde ver a mãe, mas o barco havia virado e desaparecido.

Não havia sinal do pai em lugar nenhum.

31

– Aya! Aya! Você está bem?

Ela não sabia há quanto tempo estava ali, com os olhos fixos. Não sabia como chegara à beira da piscina, parada no chão quente, com o sol batendo nela. Azulejos azuis ondulavam diante de seus olhos, seu corpo tremia convulsivamente. Dotty a enrolou em uma toalha.

– Venha aqui. Sente-se. Você está branca como um lençol, está tudo bem? – Dotty a ajudou a se sentar numa espreguiçadeira. – Aya, você está gelada! O que aconteceu?

– A água... – Aya conseguiu dizer. – O mar...

Dotty sentou-se ao lado dela. Embora o sol estivesse forte, Aya tremia sem parar envolvida pela toalha. As duas meninas ficaram olhando para os azulejos azul-turquesa e os reflexos na água enquanto Aya tentava encontrar as palavras.

– Você estava em um daqueles barcos, como nas notícias? Os barcos de migrantes? Meu pai me contou sobre eles.

Aya assentiu.

– Houve uma tempestade... mas meu pai... Ele estava na água. Não sabemos...

Isso foi tudo que ela conseguiu dizer, mas Dotty pareceu entender. Ambas as meninas fizeram silêncio por um momento.

– Eu sinto muito – disse Dotty finalmente. – Eu não fazia ideia... Eu deveria ter percebido... deveria ter pensado nisso...

Aya se lembrou da garota que ela um dia havia sido: dançando na casa de madame Belova, andando de mãos dadas com Samia até a escola; mesmo aquela que viu as bombas destruírem sua cidade natal. Aquela garota não seria capaz de conceber um mundo em que alguém deixa o pai perdido no mar, no escuro, e nunca mais o vê; não acreditaria que algo assim era possível.

– Quem sabe, seu pai tenha sobrevivido – falou Dotty. – Talvez tenha sido levado pelas ondas e chegado a algum outro lugar, ou resgatado por um barco, ou...

Dotty não terminou. Aya estremeceu novamente. Às vezes a esperança doía tanto que chegava a ser pior que o luto.

– Talvez – respondeu.

– Eu li em algum lugar que a Cruz Vermelha e a Anistia Internacional estão tentando localizar pessoas desaparecidas... – Dotty continuou. – Talvez eles consigam encontrá-lo!

– Talvez – Aya repetiu.

– Todas essas coisas... – disse Dotty. – Lamento não ter entendido antes.

Aya olhou para as ripas da espreguiçadeira de madeira, formando padrões listrados nos azulejos.

– Como poderia ter entendido?

– Mas, se você quiser conversar sobre isso... É claro, eu sei que não é fácil falar qualquer coisa no meio da minha tagarelice, mas, você sabe... eu também sei calar a boca. Se eu tentar muito, muito mesmo.

– É difícil falar – Aya respondeu, olhando para os seus pés descalços sobre os ladrilhos azuis no chão. – É difícil até pensar algumas coisas.

– Entendi – Dotty tentava abrandar o assunto. – Quer dizer, estou tentando entender, se é que isso conta de alguma maneira.

– Obrigada – respondeu Aya. – Conta, sim.

Então Bronte Buchanan reapareceu, vestindo uma camiseta velha amassada, *leggings* cobertas de poeira e um par de sapatilhas de balé esfarrapadas. Parecia bem diferente da figura elegante e indiferente que Aya estava acostumada a ver. Chegou segurando um telefone e com um sorriso largo no rosto.

– Aya – chamou –, era a professora Helena ao telefone. Ela encontrou um lar para você!

32

A senhorita Helena e a senhorita Sylvie moravam em uma grande casa vitoriana. Ficava a apenas uma curta caminhada do centro comunitário, mas parecia um mundo diferente. Um mundo de avenidas arborizadas, janelas salientes, pergolados de vidro e garagens duplas. Não que a casa delas parecesse ter sido modernizada; na verdade, era como se ninguém a reformasse há mais de cem anos. Era feita de tijolos vermelhos, era imponente, tinha um jardim coberto de grama alta, e pequenas torres erguiam-se sobre o telhado de ardósia cinza; cercada por faias antigas, a casa fazia Aya lembrar-se, por algum motivo, da história da Bela Adormecida em seu castelo oculto em meio à floresta.

Quando a senhorita Helena abriu a porta, no entanto, Aya sentiu o cheiro adocicado de bolo de mel e *pot-pourri*. O amplo corredor de entrada era escuro, coberto por um papel de parede floral e obsoleto, azulejos pretos e brancos no chão e um candeeiro de vitral acima da porta que lançava cores múltiplas nas paredes e no chão abaixo. Ao entrar, via-se logo uma escadaria de madeira dando acesso ao andar superior. A casa parecia estar congelada no tempo, mas tinha uma atmosfera aconchegante; era possível sentir que ali existia vida e movimento. Foi o lugar com mais cara de lar que Aya encontrara há meses.

Acontece que a senhorita Helena havia se oferecido para acolhê-los assim que conheceu Aya. Mas havia toda a papelada, medidas de salvaguarda e mais burocracia. Sally vinha fazendo ligações há dias para tentar acelerar o processo. Ainda assim, era tudo muito difícil e demorado; só agora a liberação havia sido emitida. Aya se esforçou para assimilar todas aquelas informações: alguém lhe oferecendo um lar, um lugar onde ficar... pessoas que ainda os conheciam tão pouco.

– Venha, vou mostrar o seu quarto – disse a senhorita Helena à mãe de Aya, que parecia nervosa e preocupada, imóvel na soleira. Ela pegou no braço dela e a conduziu gentilmente para dentro da casa.

A senhorita Sylvie dirigiu-se a Aya.

– Achamos que você gostaria de ter seu próprio quarto. Espero que tenhamos acertado.

Dotty, que a acompanhava, respondeu por ela.

– É claro que ela gostaria!

– Obrigada – disse Aya novamente. Ela havia perdido a conta de quantas vezes havia dito isso naquele dia. A palavra começou a soar estranha e desconhecida em seus próprios lábios.

– Não me agradeça antes de vê-lo – falou a senhorita Sylvie com um sorriso irônico. – Pode não ser do seu gosto!

O quarto reservado para Aya parecia ter pertencido a uma garotinha. Havia uma colcha de retalhos na cama, um papel de parede com rosas desbotadas, uma boneca antiga sentada na cômoda, um ursinho de pelúcia com membros articulados e um rosto curioso olhando para ela dentre os travesseiros. Havia também quadros na parede, fotos em preto e branco. Um deles exibia uma ponte de aparência medieval, com um castelo erguendo-se atrás; o outro era de uma família, sorrindo rigidamente, com roupas de uma época muito antiga.

– Este era o quarto da minha mãe quando ela era mais nova – explicou a senhorita Sylvie. – Ela achou que você poderia gostar.

Aya apenas assentiu. Era difícil imaginar ter uma cama só para ela, um espaço para chamar de seu... objetos lindos e interessantes para admirar.

– Então vou deixar você se acomodar – falou a senhorita Sylvie, que sempre adotava uma postura muito mais profissional do que a mãe. – Dotty, você pode vir comigo e me ajudar a fazer um chá.

Aya sentou-se na cama. Ela podia ouvir a senhorita Helena e a mãe rindo no quarto ao lado. Parecia ter passado muito tempo desde a última vez que ela ouvira a mãe dar risada.

Ela olhou para a foto da família na parede. Seus olhos percorreram os semblantes sérios dos pais, depois observaram a menina mais velha usando longas tranças; os braços dela envolviam uma menina menor, cujos olhos brilhavam como os da senhorita Helena; ela nunca lhe contara o que havia acontecido com sua família.

33

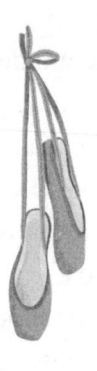

– Talvez sempre tenham existido guerras. E refugiados.

Naquela noite, depois do jantar, a senhorita Helena contou-lhes a sua história. Ela estava sentada em uma poltrona clássica e antiga que exibia um antimacassar rendado na parte de trás. Seus olhos – normalmente vívidos – tornaram-se nublados quando começou a falar, fixos em algo muito distante dali.

– Antes da guerra, a minha família vivia em Praga, na então Checoslováquia – disse ela. – Éramos prósperos. Meu pai era dono de uma loja que vendia artigos de couro, e minha mãe ensinava piano. Minha irmã Elsa e eu estudávamos em uma escola muito boa.

Aya pensou na garota mais velha da foto, com rosto sério e longas tranças castanhas. Elsa.

– Isso foi na década de 1930. Havia muitas dificuldades naquela época, mas minha família ia bem, tínhamos uma vida confortável – continuou a senhorita Helena. Aya traduzia as palavras dela para a mãe, que estava sentada no sofá com Moosa, o menino dormindo profundamente no colo. Ela havia tomado banho, seus cabelos estavam limpos e macios. Parecia relaxada; cansada, mas relaxada. – Minha irmã Elsa e eu frequentávamos aulas de balé no seminário local. Nosso maior sonho era nos tornarmos bailarinas – disse a senhorita Helena com um sorriso. – Portanto, não ouvíamos as notícias no rádio, não sabíamos das coisas que estavam acontecendo em toda a Europa. Hitler chegando ao poder na Alemanha, a maneira como ele tratava os judeus...

– Você é judia? – perguntou Dotty, encolhida no sofá ao lado de Aya, após ter convencido a mãe a deixá-la ficar para o jantar. Aquela fora a primeira frase da menina em muitas horas. Aya imaginou que ela talvez nunca tivesse passado tanto tempo calada em toda a sua vida.

– Eu não me considerava religiosa – esclareceu a senhorita Helena. – Minha família celebrava *Yom Kippur* e *Chanucá*, mas meus pais não eram judeus ortodoxos. Era apenas um estilo de vida. Tradição, creio eu.

A senhorita Sylvie estava sentada na cadeira ao lado da mãe, cerzindo as pontas de um par de sapatilhas de balé. Limitava-se a erguer os olhos, vez ou outra, enquanto a senhorita Helena falava. Um velho relógio de pêndulo no canto batia alto ao fundo.

– Havia rumores... de que os alemães tinham invadido a Checoslováquia – contou a senhorita Helena. – Minha mãe começou a falar em ir embora, em tentar conseguir documentos para entrar na Inglaterra, na América do Norte, na Austrália. Mas meu pai disse que os ingleses nunca permitiriam que Hitler marchasse até Praga. – Ela fez uma pausa. – Acontece que ele estava errado.

Enquanto traduzia as palavras da velha senhora da melhor maneira possível, Aya pensou em como a história da senhorita Helena ecoava a sua e a de tantas outras famílias, em tantas cidades, em tantas épocas diferentes, contadas em inúmeros idiomas diferentes.

– Em março de 1939, os nazistas tomaram Praga – continuou a senhorita Helena. As palavras vinham mais rápido agora, e ela nem sempre fazia uma pausa para que Aya conseguisse traduzir. – Nós os vimos marchar pela Ponte Carlos. Lembro-me bem do dia em que Hitler deu ordens às suas tropas do alto do castelo, como se fosse o rei de todo o país.

Aya lembrou-se da foto em seu quarto. A ponte, o castelo.

— Foi só depois da chegada dos alemães que eu soube que era judia — disse a senhorita Helena, balançando a cabeça enfaticamente. — E eu sabia, por mais jovem que fosse, o quanto isso era perigoso.

Aya parou de traduzir e permitiu que somente a senhorita Helena falasse. Haveria tempo para explicações mais tarde.

— O negócio do meu pai foi tirado dele. Minha mãe não tinha mais permissão para lecionar...

Sua voz falhou, e a senhorita Sylvie estendeu a mão, segurando a da mãe.

— Fomos forçados a usar estrelas amarelas. Minha irmã e eu não podíamos mais frequentar nossa escola nem ir às nossas aulas de dança. — Ela fez uma pausa, os olhos brilhando agora sob a luz suave da lamparina.

— Houve muitas prisões, muitos foram levados — a senhorita Sylvie deu continuidade ao relato, contando a história pela mãe. — Não era mais seguro para a família de minha mãe continuar lá.

— Então vocês foram embora? — Dotty perguntou.

A senhorita Helena balançou a cabeça, triste.

— Já era tarde demais para a família inteira ir embora. Mas havia uma organização que levava crianças; chamava-se *Kindertransport*... — A voz da senhorita Helena falhou outra vez, e a filha continuou enquanto a mulher mais velha fechava os olhos e escutava.

— Muitas famílias britânicas concordaram em acolher crianças — explicou a senhorita Sylvie. — Mas não sabiam por quanto tempo. Alguns pensavam que Hitler seria deposto muito em breve. Até o Natal, no máximo. Ninguém jamais previu o que ele de fato faria.

Aya lembrou-se do pai e dos amigos sentados na cozinha, conversando sobre a guerra na Síria. Alguns diziam que tudo acabaria em poucos meses, que o presidente seria derrubado até o Natal e a paz seria restaurada. Ninguém previu que duraria por tanto tempo e causaria tantas perdas.

— Então você e sua irmã...? — Aya olhou para a senhorita Helena, cujos olhos estavam abertos agora e muito brilhantes à luz da lamparina.

— Apenas eu — afirmou a senhorita Helena. O relógio marcava segundo após segundo, e ninguém falava. — Vim para cá, para esta casa, em agosto de 1939 — disse a senhorita Helena após uma longa pausa, reassumindo um tom profissional. – Eu era mais jovem do que você é agora, tinha seis anos de idade. O senhor e a senhora Robertson estavam na casa dos cinquenta. Haviam perdido o único filho para a tuberculose e diziam ter espaço no coração para outro filho.

– Minha mãe teve muita sorte – completou a senhorita Sylvie. – Nem todas as crianças que vieram foram tão bem acolhidas. Ela recebeu uma nova família, um novo começo aqui.

Aya queria perguntar sobre sua mãe, seu pai... e Elsa. Mas a senhorita Helena parecia cansada. A senhorita Sylvie sorriu e pegou a sapatilha de balé que estava cerzindo antes.

– Minha mãe e eu queremos que fiquem todo o tempo que desejarem. Vocês são bem-vindos aqui.

A mãe de Aya pareceu entender esta última parte. Ela agradeceu com lágrimas nos olhos, e a filha traduziu as palavras da mãe para a senhorita Helena e a senhorita Sylvie, sem parar de pensar na menininha que viajara para lá sozinha, tantos anos atrás, deixando toda a sua família; a menininha que costumava dormir no quarto que agora era dela.

Será que aquela pequenina já tinha reencontrado os pais e a irmã?

34

Naquela noite, Aya deitou-se na cama estreita, ouvindo o som da chuva bater nas vidraças. Era estranho dormir sozinha; sem Moosa encolhido ao lado dela, o corpinho quente, os beijos e dedinhos melequentos do menino, que se enrolavam ao redor dos dela durante a noite. Na penumbra, Aya olhou para a foto de família na parede. Lá estavam elas: duas meninas com os pais, sorrindo para a câmera, a irmã mais velha com o braço em volta da mais nova. A data era maio de 1938. Um ano antes do início da guerra.

Algumas notas musicais passaram pela mente de Aya. Ela se imaginou dando alguns passos, interligando movimentos que pareciam vir-lhe espontaneamente; parte tinha a ver com a história da senhorita Helena, parte tinha a ver com ela mesma.

Ela ficou assim por um longo tempo, dançando com as notas em sua cabeça, observando as sombras do poste de luz e os carros que passavam fazendo desenhos nas cortinas. Ainda assim, não conseguia dormir. Era difícil não pensar no pai, na última vez que o viu. Era difícil não pensar na mãe e em Moosa dormindo no quarto ao lado. Os pensamentos pareciam se unir como uma dança.

Na manhã seguinte, quando a senhorita Sylvie veio acordá-la, encontrou a cama vazia. Ao olhar para o quarto ao lado, a porta aberta, viu que Aya tinha entrado na ponta dos pés no quarto da mãe e estava deitada ao lado de Moosa, segurando-o firmemente nos braços.

35

A temperatura subiu na semana seguinte, e Aya, aos poucos, começou a se sentir diferente; um pouco mais leve, um pouco menos ansiosa. Morava com as duas professoras de balé, crescia saudável com a boa comida que as duas insistiam que ela comesse, dançava todos os dias, passava um tempo na casa de Dotty, praticando em seu estúdio ou fazendo longas caminhadas pela floresta que cercava a casa dos Buchanans, brincava com Moosa no jardim sob as velhas faias gigantes... era bom ser apenas uma irmã mais velha. Era bom não se sentir responsável pela mãe o tempo todo. Brincar. Dar risada. Ela ainda acordava com aquela pontada aguda no estômago todas as manhãs quando pensava no pai, mas a ansiedade pulsante que martelava em sua cabeça desde aquela noite no oceano tornou-se um pouco mais branda, e às vezes – quando ela estava dançando – conseguia até se esquecer de tudo, só por um breve período.

Essa mudança começou a transparecer em sua dança. Ao trabalhar na performance da audição, ela se sentia um pouco mais capaz de se conectar com os objetos e se abrir aos sentimentos que eles despertavam dentro dela. Aya não podia deixar tudo sair (isso ainda parecia quase impossível), mas podia começar a contar um pouco da sua história, compartilhar um pouco do seu medo, um pouco da saudade que sentia de casa, algumas esperanças, alguns sonhos. Ainda não havia chegado ao resultado definitivo, mas algumas partes pareciam melhores do que antes.

– Essa dança está começando a ficar bonita – disse a senhorita Helena quando Aya lhe mostrou no que estava trabalhando. – Triste, encantadora, esperançosa, tudo ao mesmo tempo. E, Dotty, seu trabalho também melhorou muito. Há mais compaixão, mais acolhimento.

Dotty sorriu.

– Eu me peguei pensando em Aya. E como tenho sorte de ter meus pais por perto, mesmo que eles sejam chatos às vezes – encolhendo os ombros.

Dotty também estava trabalhando em seu próprio plano. Ela havia conversado com o pai e com Sally sobre a ideia de organizar um show de gala a fim de arrecadar fundos para o centro de refugiados.

– Todas as crianças da escola de balé poderiam se apresentar – explicou ela. – E mamãe concordou em ser a atração da noite. Venderíamos ingressos e faríamos uma rifa para a caridade. Haveria bolos e todas aquelas outras coisas que sempre rendem muito dinheiro!

– Que coisa maravilhosa! – disse Aya.

– Vamos poder arrecadar dinheiro para as coisas de que o centro precisa e nos divertir muito ao mesmo tempo! – E ela não estava pensando apenas em balé. – Pensei também em pedir que o senhor Abdul fizesse uma apresentação de sapateado. Blue e Grace, vocês poderiam acompanhá-lo! Porque vocês fazem sapateado, não fazem? – perguntou, enquanto explicava a ideia para as outras meninas.

Blue e Grace se entreolharam, um pouco inseguras.

– Hum... sim. Acho que poderíamos.

– E, Lilli-Ella, acho que você e eu poderíamos apresentar uma espécie de dança de salão com a ajuda da senhora Massoud. Talvez com um pouco de hip-hop. O que você acha?

Lilli-Ella sorriu, um pouco nervosa.

– Você acha que isso iria funcionar?

– Sim! Além disso, eu e Aya vamos ensinar às pequenas um número de *Cats*. Elas podem até usar orelhinhas e rabos – Dotty continuou, animada.

– Também pensei que todas nós poderíamos apresentar uma peça de balé. Eu, Aya e Ciara podemos fazer nossas performances da audição. Não é, Ciara?

Aya olhou para Ciara, que não havia dito nada até então. As outras garotas vinham sendo muito mais amigáveis nos últimos tempos, mas a situação sempre mudava quando Ciara estava por perto. Ela vinha agindo de maneira ainda mais fria e tensa do que o normal ultimamente, e Aya imaginava que ela talvez estivesse mais estressada do que deixava transparecer.

– A audição mais importante da minha vida está chegando – Ciara deu de ombros. – Não tenho tempo para brincar de fazer show.

– Mas não se trata apenas do show – disse Blue, olhando sem jeito de Ciara para Aya, como se sentisse que precisava tomar partido.

– Sim – disse Lilli-Ella, vindo em seu auxílio. – É para arrecadar fundos. Para requerentes de asilo como Aya e sua família.

– Para ajudar a pagar um advogado de verdade – acrescentou Grace, ignorando a carranca no rosto de Ciara. – E materiais médicos, comida, roupas e tudo o mais.

– Tanto faz. Se vocês querem perder tempo fazendo esse showzinho ridículo, vão em frente! – afirmou Ciara. – Mas não contem comigo.

Ela entrou no estúdio e bateu a porta dramaticamente. Pelo que pareceu uma eternidade, ninguém disse nada. Foi Blue quem quebrou o silêncio.

– Aya, minha mãe me mostrou um artigo sobre refugiados e as terríveis viagens que eles fizeram para chegar à Inglaterra – disse ela. – Foi assim com você?

Aya olhou para Dotty. Ela não havia contado às outras sobre a viagem no contêiner, o barco.

– Eu...

– Também estamos arrecadando dinheiro para contratar um conselheiro – Dotty interrompeu rapidamente, lançando um olhar de advertência para Blue. – Porque muitas pessoas que vieram para cá passaram por experiências traumáticas das quais acham difícil falar.

Aya olhou para ela com gratidão, e, felizmente, a senhorita Sylvie apareceu no mesmo instante.

– Meninas, para a barra, chega de conversa! – ordenou a professora, curta e grossa.

– Se Ciara não quiser se apresentar, tudo bem – disse Dotty, de braços dados com Aya e sorrindo para as outras. – Podemos fazer esse show acontecer sem ela. E vai ser incrível!

36

— Nós fizemos uma festa de gala no estúdio da madame Belova uma vez – disse Aya.

Ela e Dotty estavam no meio da grama alta do jardim, no quintal dos fundos da casa da senhorita Helena. As duas trabalhavam na confecção de uma dúzia de rabos de gato, cujo material eram algumas meias velhas e um edredom comido pelas traças. O sol brilhava através das faias, lançando uma luz salpicada no pequeno gramado e fazendo com que os tijolos vermelhos da casa vitoriana se tornassem vívidos, quase carmesim.

— Ah, e o que vocês fizeram? – Dotty perguntou.

Aya vinha contando a Dotty cada vez mais histórias sobre a vida na Síria. Não as tristes; apenas as histórias de seu cotidiano: a escola, as festas, as compras, os dias de lazer, as aulas de dança. Nada muito diferente de como era a vida de Dotty, na verdade.

— Apresentei uma dança com as minhas amigas: Kimi, Nadiya e Nooda – sorrindo. – E Samia! Ela era muito parecida com você.

— Coitada dela! E como foi?

— Samia tropeçou e caiu do palco. – Aya sorriu ao se lembrar de como todos ficaram boquiabertos e, um segundo depois, Samia levantou a cabeça com um sorriso enorme no rosto. – Ela foi a mais aplaudida de todo o show!

Aya se lembrou de Samia olhando para cima, com os olhos arregalados de choque apenas por um segundo. Então o público caiu na gargalhada, e a menina logo colocou-se de pé, fazendo palhaçadas e brincando, como se tudo tivesse feito parte da apresentação. Aya e as outras tiveram de conter a risada para continuar dançando. Tanta coisa aconteceu com suas amigas desde aquele dia! Ela não sabia se veria Samia novamente, mas essa era a lembrança dela que Aya queria manter sempre consigo.

Então a mãe apareceu na porta do pátio. Aya a havia deixado com a senhorita Sylvie, cozinhando na velha e grande cozinha. A mãe a estava ensinando a fazer pão *manoushi*, as duas mulheres arrumando um jeito de se comunicar por meio de uma mistura de gestos e das poucas palavras do idioma uma da outra que haviam conseguido aprender. Moosa, por sua vez, as aborrecia enfiando os dedos na massa. As duas estavam dando risada quando Aya as deixou, mas agora a mãe segurava uma carta e parecia diferente.

– O que foi? – Aya se levantou, atravessando a grama e segurando a mão da mãe.

Ela não dizia nada. Algo também mudara nela desde que tinham ido morar com a senhorita Sylvie e a senhorita Helena. Agora se alimentava bem e dormia melhor, seus cabelos e sua pele recuperaram um pouco do brilho. A senhorita Helena a levara a um médico que lhe receitara alguns comprimidos e a encaminhara para um conselheiro. Seus olhos ainda pareciam cansados – e de certa forma um pouco vazios –, mas as manchas escuras debaixo deles estavam mais suaves do que antes. Naquele momento, contudo, ela parecia frenética, mais ansiosa do que Aya jamais a vira.

– A audiência. O pedido de asilo. É na próxima semana.

Ela entregou a carta a Aya. Dotty correu para perto delas no mesmo instante e leu o documento por cima do ombro da amiga.

– Essa é uma boa notícia, certo?

– Não sei – Aya respondeu.

– Claro que é! Depois da apelação, tudo estará resolvido. Vocês vão poder ficar aqui para sempre! – exultou Dotty.

O sol de repente pareceu muito quente em suas costas, a luz forte demais.

– Só se ganharmos – disse Aya. – Se perdermos, eles nos mandarão de volta.

– Então vocês não podem perder! – falou Dotty. – Quando vai ser?

Foi então que Aya olhou corretamente a data na carta.

– Na próxima terça-feira – respondeu.

Dotty e Aya se olharam em desespero.

O dia da audição.

Campo de Refugiados de Suda, Ilha de Quios, Grécia

Aya se lembrou de estar sentada na praia de seixos, com os olhos fixos na faixa azul onde a água se encontrava com o horizonte. Suas mãos estavam sangrando outra vez; um vermelho fresco saindo do curativo sujo. As cordas do barco haviam queimado sua pele durante aquela longa, longa noite no oceano antes de o barco de resgate aparecer. Mas ela nem percebera. Seus olhos perscrutavam o horizonte sem parar. Procurando pelo pai. Esperando pelo pai. Orando, alimentando esperanças. Ela continuou sentada na praia o dia inteiro, todos os dias. Mas ele nunca apareceu.

Após a chegada do barco de resgate, eles foram levados para o campo de refugiados de Suda, na ilha de Quios. Não era um campo oficial, apenas um assentamento improvisado que havia surgido próximo às ruínas de um antigo castelo; tendas superlotadas na beira da costa pedregosa, ratos vagando entre o lixo. Havia mais de três mil refugiados alojados ali, vindos principalmente do Afeganistão, da Síria e do Iraque. Não era seguro sair depois de escurecer. Aya começou a cobrir a cabeça por causa da maneira como alguns homens olhavam para ela. À noite, na tenda, era comum ouvirem gritos e berros que atrapalhavam o sono; durante o dia não havia nada a se fazer senão olhar para o mar.

Todos ali aguardavam receber asilo ou ser realocados para outro país. Uma tradutora no centro de ajuda superlotado tentou explicar à família de Aya que, sendo mãe solo, a mãe podia reivindicar o status de refugiada protegida e pedir asilo na Grécia. Mas a essa altura ela já tinha se fechado e parado de falar. Ela sequer chorava. Ficava sentada, em silêncio, o tempo todo.

– Mas depois podemos ir para a Inglaterra? – Aya era a porta-voz da família agora.

– Vocês não podem pedir asilo em mais de um país da União Europeia.

Aya tentou lembrar-se das instruções de seu pai, mas as informações pareciam confusas em sua cabeça. O dinheiro, o papel com os nomes... tudo havia se perdido.

– Meu pai disse que devemos encontrá-lo na Inglaterra...

A trabalhadora humanitária era jovem, os cabelos ruivos presos em um rabo de cavalo bagunçado. A maneira como pronunciava as palavras em árabe era estranha, e seus olhos eram de cores diferentes; um azul, um marrom. Chamava-se Ezi. Aya não sabia por que se lembrava disso.

– Aya, seu pai... – ela começou a dizer. – Ele está no mar há mais de doze horas. Não temos relatos de nenhum outro navio de resgate...

Aya olhou fixamente para o único olho azul da jovem, da cor da água, do céu.

– Papai disse que nos encontraria na Inglaterra – ela repetiu em um tom de voz tranquilo. – Então precisamos ir para lá.

A menina podia ouvir a voz do pai em sua memória lhe dizendo:

– Se alguma coisa acontecer comigo... se nos separarmos, pegue a mamãe e Moos e vá para a Inglaterra, ok?

Ezi olhou para ela, seus olhos discordantes cheios de preocupação.

– Aya, seu pai...

Ela não terminou a frase. E, de qualquer maneira, Aya sentia que não ia conseguir fazer o que precisava. Não sozinha. Talvez o pai viesse. Talvez... se ela esperasse e observasse só mais um pouquinho... talvez ele viesse.

37

Era uma daquelas manhãs que pareciam o último dia de verão. A luz do sol despertou Aya horas antes de o resto da casa se levantar, atravessando as cortinas e espalhando-se pela cama com um brilho intenso.

– Como se o sol estivesse se despedindo – disse Aya quando Dotty foi buscá-la depois do café da manhã. Ela estava com essa sensação há dias. Parecia estar se despedindo das pessoas, dos lugares, das coisas que ela passou a amar e talvez nunca voltaria a ver após esse dia.

– Que coisa engraçada de se dizer – comentou Dotty, cujos cabelos estavam presos em um coque tão firme que mudava todas as suas feições; deixava-a com um aspecto mais sério. – Mas hoje é um dia engraçado. Não consigo decidir se estou morrendo de nervosismo ou só aliviada porque finalmente vai acabar. Pelo menos agora vamos saber o resultado, seja ele qual for.

– Sim – respondeu Aya, mas pensando tanto na apelação quanto no teste.

Sally, a senhorita Sylvie, a mãe e o pai de Dotty iriam à audiência com a mãe dela.

– Como testemunhas de caráter. Para dizer que vocês são uma família bacana e ajudar sua mãe a explicar as coisas direito – disse Dotty. – Ah, e minha mãe vai usar a fama dela a favor do caso. "*Bailarina famosa luta para que jovem dançarina refugiada e sua família permaneçam no Reino Unido"*, e tudo o mais! – Dotty sorriu. – Ela até já chamou a imprensa.

– Sério? – Aya estava perplexa diante de tudo o que as pessoas estavam fazendo por ela e por sua família. A bondade de estranhos, como dissera a senhorita Helena. Às vezes, essas atitudes a impressionavam mais do que a crueldade que já havia testemunhado, embora não conseguisse explicar o motivo. E isso tornava ainda mais importante não as decepcionar.

– E você chegou a dizer à sua mãe que quer fazer teatro musical, não balé? – Aya perguntou.

Dotty havia passado a semana anterior todinha dizendo que contaria para a mãe de uma vez por todas. Ela vinha preparando um *medley* de teatro musical para o show.

– Esse é o tipo de coisa que faz eu me sentir como você se sente quando dança – ela disse a Aya. – E eu quero me sentir assim o tempo todo.

– Então você contou a ela?

– Não adianta – falou Dotty. – Ela me deu um beijo hoje de manhã e me disse para aproveitar "o melhor dia da minha vida"! – abrindo um sorriso irônico. – O que eu poderia dizer diante disso?

A mãe quis arrumar os cabelos de Aya para a audição, como costumava fazer em Alepo quando Aya era pequena. Portanto, depois do café da manhã, Aya se sentou em frente à velha penteadeira, olhando para o próprio reflexo enquanto a mãe passava a escova pelos seus cabelos castanhos. Nenhuma delas disse uma única palavra. Pela janela, Aya podia ver as árvores altas que se erguiam sobre a casa das duas benfeitoras. Quantos anos deviam ter aquelas árvores? A senhorita Helena dissera que elas tinham quase a mesma altura quando ela chegou aqui, ainda menina, oitenta anos antes. Quantas guerras foram travadas enquanto essas árvores cresciam? Quantas famílias foram expulsas de suas casas, fugiram de conflitos, procuraram refúgio em terras distantes? A história deles não era única. Eles eram uma família entre milhares. Por que receberiam permissão para ficar? Por que alguém deveria se importar?

– Pronto – disse a mãe, terminando de arrumar os cabelos de Aya, presos em um coque firme, penteados para trás para acentuar o escuro de seus olhos, fazendo-os parecer enormes em seu rosto pálido.

A filha estendeu a mão e segurou a da mãe, que por sua vez apertou os dedos da menina com força.

— Você está linda, *habibti* — ela falou. — Minha linda *balletka*. Minha linda dançarina.

A senhorita Sylvie levou as meninas para a audição em um Morris Minor antigo que parecia ter passado a maior parte da vida sob lençóis empoeirados na garagem. Saíram da cidade, atravessando enormes passagens subterrâneas de concreto, passando pelo imponente edifício do estádio de futebol e pelos novos pavilhões vermelhos no antigo campo de críquete; por fileiras de varandas, depois pelos subúrbios e, finalmente, pela zona rural circundante.

— Lembrem-se também de se divertir, certo? — sugeriu a senhorita Helena ao se aproximarem da escola.

— Pela madrugada! — Dotty sussurrou. — Já é bem ruim termos que sobreviver a esse tormento, agora ainda temos que nos divertir também?

Aya tentou sorrir. Aquele era um dia importante demais para se preocupar com diversão.

O acesso à Royal Northern Ballet School se dava por meio de dois portões imponentes e depois por um longo caminho que pareceu durar para sempre. Aya tinha visto fotos no folheto, mas ainda assim ficou impressionada.

— Já tinha visto uma escola que tem seu próprio parque de cervos? — riu Dotty.

O sol ardia incessantemente, e, quando elas viraram a esquina, viram o suntuoso solar de tijolos vermelhos; parecia resplandecente, acobreado como um entardecer. Aya sentiu seu coração bater forte no peito ao imaginar-se dançando todos os dias naquele lugar lindo e mágico. Ela tentou afastar o sentimento, impedir-se de nutrir esperanças, pois a esperança machucava muito ao ser perdida. E como ela poderia frequentar esse lugar se a mãe e Moosa fossem mandados embora?

— Vamos! — exclamou Dotty, arrastando Aya para fora do carro. — Vamos acabar com isso!

A parte interna era mais modesta do que o exterior sugeria. O hall de entrada era grandioso, apesar de estar desgastado, com a pintura arranhada por gerações de jovens bailarinas que corriam pelos corredores, subiam e desciam as escadas, arrastando os pés nas tábuas do piso de madeira e deixando os tapetes puídos. O cheiro era parecido com o do centro de refugiados, pensou Aya. Aquela mesma mistura de suor e merenda escolar; mas sem o cheiro de tristeza.

As duas jovens se detiveram no hall de entrada, segurando sapatilhas e partituras, enquanto uma recepcionista sisuda checava o nome delas em sua lista. Havia cerca de uma dúzia de outras garotas, todas da mesma idade, todas esperando, pálidas e nervosas. Ciara estava lá, é claro, com um aspecto imaculado, totalmente serena ao lado de uma mulher que devia ser sua mãe. Aya percebeu que nunca tinha visto a mãe de Ciara antes. Ela era uma mulher pequena, com um semblante ansioso, e o que a filha tinha de bonita, ela tinha de sem-graça; com os ombros levemente caídos, lançou um sorriso tímido a Aya e Dotty.

– É um prazer conhecer vocês, meninas – disse ela. – Ciara está sempre falando das amigas do balé.

– É mesmo? – Dotty questionou, olhando para Ciara, que não a olhava nos olhos.

– Sim, ela nunca teve muita sorte com os amigos na escola – continuou a mãe de Ciara, um pouco nervosa. Ciara ficou vermelha. – Então, as colegas de dança são muito importantes para ela.

Dotty arregalou os olhos e parecia prestes a dizer alguma coisa, mas Ciara parecia tão desconfortável que Dotty se calou, surpresa.

Foi Aya quem disse:

– Todas elas também foram muito gentis comigo.

Ciara lançou-lhe o que pareceu um olhar agradecido e depois desviou o olhar depressa.

38

A espera no saguão foi carregada de nervosismo. A maioria das meninas falava sobre balé, ajustava as sapatilhas, ajeitava os cabelos, mas Aya não conseguia parar de pensar na mãe, sentada numa sala de espera como aquela, do lado de fora do tribunal. A audiência seria ao meio-dia, mas Sally disse que atrasos eram comuns.

– Só preciso usar o banheiro – ela avisou a Dotty e assim fez. Quando estava voltando às pressas, ouviu a voz da senhorita Helena. Ela estava conversando com alguém ao telefone mais adiante no corredor. Aya não queria escutar a conversa, mas não pôde evitar.

– Foi uma pena ter acontecido agora – estava dizendo. – Se Aya tivesse uma vaga na Royal Northern, teria mesmo ajudado no caso... – Aya congelou, e a senhorita Helena prosseguiu. – Não vou contar nada ainda. Pelo menos assim ela terá a chance de fazer a audição antes de serem deportados. E talvez possa solicitar um visto de estudo. Não terá utilidade alguma para a mãe dela e Moosa, é claro... – Aya não ficou para ouvir o restante. Saiu em disparada pelo corredor, de volta ao saguão, com a cabeça explodindo enquanto retornava à sala de espera, onde uma jovem com roupas obsoletas estava chamando os nomes. Não havia tempo para pensar, não havia tempo para procurar a senhorita Helena e perguntar o que ela queria dizer com aquilo. Eles seriam deportados? Perderam a apelação?

Ela e todas as meninas foram conduzidas para uma grande sala com janelas altas, espelhos e uma barra que percorria três lados do cômodo. A luz salpicada incidia sobre as tábuas do piso de madeira, e Aya se pegou observando o jogo de sombra e luz no chão, repassando a conversa que acabara de ouvir enquanto a professora se dirigia à turma.

– Eu sou a senhorita Eve – apresentou-se. Era jovem, tinha talvez seus vinte e poucos anos, mas exibia uma mecha prateada entre os cabelos ruivos, e as roupas que usava pareciam ter sido feitas em outra época. – Vou orientar a aula hoje enquanto meus colegas observam.

Ela acenou para uma mesa no outro lado da sala, onde estavam sentados um homem calvo, de bigode fino e com uma gravata-borboleta assustadoramente grande, e uma senhora idosa vestida com muita elegância, os cabelos num tom de violeta, curtinhos. Aya olhou para eles sem expressão alguma, sua mente ainda acelerada.

– O senhor Bougeard, nosso principal mestre de balé, e madame Olenska, diretora da escola.

Aya os achou parecidos com juízes em um tribunal. Seu estômago revirou bruscamente.

– *Pelo menos assim ela terá a chance de fazer a audição antes de serem deportados.*

A senhorita Eve explicou que aquela seria como uma aula normal.

– Basta que deem o melhor de vocês e façam como fariam em suas próprias escolas de dança – assegurou-lhes.

Aya a encarou. Com aqueles cabelos ruivos flamejantes a moça a fazia se lembrar da ajudante do centro de refugiados em Suda. Aquela com olhos de cores diferentes. De repente, Aya não conseguia se lembrar do nome dela; tudo o que conseguia pensar era na jovem dizendo:

– Ele está no mar há mais de doze horas. Não temos relatos de outros navios de resgate...

Ela sentia calor, tontura, mal conseguia respirar... tantos sentimentos diferentes se misturando dentro dela.

— Estamos em busca de potencial, então não se preocupem se não conseguirem fazer tudo — dizia a senhorita Eve. — Apenas façam o que puderem e... tentem se divertir!

A música começou. Ou será que havia começado há alguns segundos? Aya entrou atrasada, um momento atrás da batida, movimentando os pés com dificuldade e sentindo-se corar.

— *Talvez ela possa solicitar um visto de estudo. Não terá utilidade alguma para a mãe dela e Moosa, é claro...*

As coisas não corriam bem. Ela se esforçou para se concentrar na aula, para se concentrar nas mãos, nos pés, nos dedos, nas linhas que formava com o corpo; subia na ponta, mantinha o queixo erguido, mas sua mente continuava vagando, errante entre os pensamentos, seu corpo parecia incapaz ou indisposto a obedecer. A sala estava fechada, abafada, e ela podia sentir os aromas da Inglaterra lá fora — perfumes doces de verão, de grama e flores, do jardim da senhorita Helena. No entanto, os pensamentos sobre Alepo continuavam a encher-lhe a cabeça — a primeira noite do bombardeamento, o som do chamado à oração... o sangue escorrendo pela sua perna na rua cheia de poeira.

A senhorita Eve andava de um lado para o outro. Os outros dois professores, sentados atrás da mesa, faziam anotações em um bloco de papel. Aya não conseguia focar, não conseguia ouvir a batida da música corretamente. Outros sons e imagens pareciam obscurecer sua mente — a velha senhora no contêiner, as crianças morrendo de frio no campo de Kilis...

Todas caminharam para o centro da sala. Dotty dizia alguma coisa para ela enquanto mergulhavam os pés em resina para evitar que as sapatilhas escorregassem.

— Você está bem? — ela sussurrou.

Aya tentou assentir, mas não tinha certeza de que sua cabeça obedecera ao comando. Ela se sentia como a mãe, à deriva no tempo e no espaço, sem âncora, flutuando livre e incapaz de agarrar-se ao momento. O momento *dela*; aquela era a sua oportunidade, todos haviam dito. Mas o que significava aquela oportunidade se já era tarde demais para ajudar a mãe e Moosa? Ela havia prometido ao pai que cuidaria deles; não podia abandoná-los.

– Queremos ver o seu *port de bras*, meninas – dizia a senhorita Eve. – Nada muito complicado, mas buscamos excelência em cada movimento.

Pelo canto do olho, Aya viu Ciara, banhada em um feixe de luz do sol. Ela parecia brilhar como um anjo, mas seu rosto estava rígido de concentração e ansiedade; estava tensa como Aya nunca a vira antes e cometia um erro atrás do outro. Aya também nunca tinha visto isso. Do outro lado, sentia a presença de Dotty, com o rosto contorcido pelo esforço. Ela se atrapalhou em alguns movimentos, e Aya pôde vê-la morder o lábio com força.

A música continuou a tocar enquanto elas passavam para os exercícios de solo: saltos e mais saltos, todas se movimentando de um canto da sala para outro. Depois *arabesques*... piruetas... Aya se movia no piloto automático. O calor, as notas quentes misturadas ao cheiro da grama, as imagens em sua cabeça... de suas antigas colegas de classe... Samia caindo do palco, as gêmeas fazendo sua dança espelhada no terraço de sua casa, Kimi debruçada no corpo sem vida de Ifima na rua. Onde estavam todas elas agora? Espalhadas pelo mundo inteiro, quem sabe onde? Será que alguma conseguiu escapar? Será que alguma estava viva? Por que ela teve essa oportunidade? Como poderia continuar dançando quando tantos outros ainda estavam sofrendo?

Então a aula acabou e ela mal percebeu como havia sido ou o que estava fazendo. Só conseguia pensar nas palavras da senhorita Helena.

– *Se Aya tivesse uma vaga na Royal Northern, teria realmente ajudado no caso.*

Mas era tarde demais. Ela estava atrasada. Era o fim de tudo.

– Como foi? – perguntou Dotty enquanto saíam para o corredor após as reverências finais.

Aya virou-se para ela sem expressão.

– Eu... eu não sei, na verdade.

– Aquelas combinações finais no solo me causaram um baita problema – Dotty confessou. – Mas acho que não fui derrotada pela barra.

Aya tentou lembrar-se do *floorwork*, mas só conseguiu reter uma vaga lembrança da senhorita Eve falando através de passos que ela mal conseguia se lembrar de ter feito.

– A barra acabou comigo – falou Ciara, pálida e prestes a cair em lágrimas. – E todo mundo aqui é tão bom!

Aya não disse nada. Ela não havia notado como as outras garotas dançavam. Não havia notado coisa alguma.

– Você está bem? – perguntou Dotty, olhando para ela cheia de preocupação.

– Sim, eu... não sei.

– Está preocupada com a sua mãe? – Aya concordou. – Ela ia querer que você pensasse em si mesma hoje – disse Dotty. – Este é o seu momento. Lembra?

Mas Aya sentia que o momento estava escapando por entre seus dedos. Como se estivesse sendo arrastada por uma corrente forte à qual não conseguia resistir; Aya nem mesmo sabia se ainda queria lutar contra ela.

39

As meninas foram conduzidas a uma pequena sala onde aguardariam até serem chamadas para a avaliação individual. Algumas conversavam sobre a aula, nervosas. Outras – como Aya – apenas ficaram sentadas em silêncio. Todas elas, uma de cada vez, foi convidada a voltar ao estúdio diante do corpo de jurados para uma entrevista. Dotty foi uma das primeiras a ir; Aya, uma das últimas. Ela não sabia se fazia sentido concluir a audição, mas não queria decepcionar a senhorita Helena.

Então, quando seu nome finalmente foi chamado, ela voltou para o estúdio de dança, que parecia maior agora que estava sozinha. Um pé direito alto e imponente, seu próprio reflexo brilhando nas paredes de espelhos ao redor: era ela, mas não ela mesma. Não a garota que dançava em Alepo, ou no acampamento em Kilis, ou na praia de Esmirna. Nem mesmo a garota que era quando chegou a Manchester. Era uma garota diferente, que ela mal conhecia.

– Então, Aya, certo? – perguntou o homem de bigode fino e gravata-borboleta gigante. A senhorita Eve havia dito que ele era o principal mestre de balé, o senhor Bougeard.

– Sim – respondeu, a palavra soando densa em sua língua.

– Você é de... – ele olhou para o pedaço de papel e ergueu uma sobrancelha ao dizer – Alepo?

– Sim.

– Ah, sim, agora eu me lembro... Você é a garota que perdeu as fases de pré-seleção, certo?

Aya assentiu.

– Diz aqui que você foi treinada por Adriana Belova – disse a elegante senhora de cabelos roxos. Madame Olenska, diretora da escola.

– Você conhece a madame Belova? – Aya olhou para ela surpresa.

– O balé não tem fronteiras, minha querida – respondeu madame Olenska com um sorriso. – Vi Adriana dançar em Jerusalém e acompanhei o trabalho que a empresa dela fazia antes da guerra. Você teve sorte de ter uma professora como ela. Me pergunto o que ela está fazendo agora.

Aya olhou surpresa para a mulher, mais uma vez.

– Madame Belova está... Ela está bem?

– Ouvi dizer que ela estava em Dubai – falou a senhorita Eve. – Envolvida em um novo trabalho muito interessante, idealizando uma peça de balé com refugiados em um dos campos fronteiriços.

– Como parte de um novo projeto sobre a guerra, creio eu – comentou o senhor Bougeard. – Conhecendo Adriana, promete ser muito emocionante.

Aya queria saber mais sobre sua querida madame... sobre o balé que ela estava coreografando. Mas então perguntaram-lhe sobre a Inglaterra, e sua mente correu para se atualizar, seus pensamentos voltados para a mãe o tempo inteiro... O assistente social tinha explicado que, se a apelação fosse rejeitada, eles seriam levados para o centro de detenção enquanto os preparativos da deportação eram feitos. Isso aconteceria hoje? Amanhã? Haveria tempo para dizer adeus?

– Então agora você está sendo treinada por Helena Rosenberg? – madame Olenksa continuou dizendo. – Mas quanta sorte você teve! Trabalhar com duas bailarinas tão famosas.

– Sim – concordou Aya. Ela desejou que mais palavras saíssem de sua boca. Eles deviam estar pensando que ela mal falava inglês, e, embora isso já não tivesse importância agora, ela não queria que aquelas pessoas a vissem daquele jeito.

– E você sofreu uma lesão na perna – disse o senhor Bougeard, olhando para os papéis à sua frente. – Mas a senhorita Helena acredita que esteja totalmente curada. Podemos ver?

O sol estava um pouco mais baixo agora, inclinando-se sobre o piso de madeira, de modo que partículas de poeira dançavam sob os feixes de luz. Aya lembrou-se da poeira na rua depois que a bomba caiu; lembrou-se de como todos ficaram cobertos por um brilho alvo, como crianças fantasmas, movendo-se em câmera lenta pelas ruas cobertas de escombros. O sangue vermelho escorria pela sua perna, misturando-se à poeira. A pequena Ifima deitada, imóvel, como uma boneca de porcelana no meio da rua. Ela engoliu em seco, lembrando-se de respirar enquanto as lembranças erguiam-se e quase a afogavam.

– Aproxime-se, por favor – madame Olenska a observava atentamente enquanto ela se levantava e contornava a mesa, movendo-se com a graça e o equilíbrio de uma primeira bailarina. – Primeira posição.

Aya obedeceu ao comando sem pensar, virando os pés e mantendo os braços no formato oval que lhe ensinaram quando tinha apenas cinco anos de idade. Ela não conseguia tirar da cabeça a imagem do rosto de Ifima. Kimi a segurando nos braços, balançando-a em meio à poeira.

– Boa rotação lateral – afirmou madame Olenska. – Segunda posição, por favor.

Aya fez o que lhe foi dito e sentiu os olhos da velha senhora percorrer toda a extensão de sua perna, quase como se estivesse medindo os ângulos de seu corpo, observando os músculos compactos no topo de suas coxas, a leve curvatura da perna, a cicatriz ao longo de sua panturrilha. Ela se lembrou da dor excruciante. O sangue escorrendo pela perna, tingindo a poeira.

– Por favor, tire as sapatilhas.

Aya tirou as sapatilhas que a senhorita Helena lhe dera e mostrou os pés. Madame Olenska se abaixou e os examinou, um de cada vez, dobrando-os, moldando-os quase como argila. Aya notou que os dedos longos e finos da mulher eram muito bonitos, apesar de pálidos e cobertos de manchas vermelhas. Fizeram-na se lembrar das mãos de madame Belova ao segurar a barra com muita força quando as bombas caíam.

– Belos arcos... flexíveis. Embora eu ache que você provavelmente consiga dobrar mais o pé direito... e os dedos dos pés... Isso, os três dedos maiores do pé quase do mesmo comprimento... Ótimo.

A senhorita Eve falou pela primeira vez.

– Ajuda a melhorar a ponta se os três dedos dos pés tiverem o mesmo comprimento.

Aya se lembrou de madame Belova dizendo a mesma coisa quando lhe mostrou o primeiro par de sapatilhas de ponta. Isso parecia ter acontecido há muito tempo.

– Obrigada – madame Olenska a soltou e colocou-se de pé. – Agora você pode nos mostrar sua dança.

Os objetos foram dispostos no chão do estúdio. A pedra dos destroços, a meia de Moosa, a sapatilha de balé, o lenço do pai. Estavam ali como pedaços de madeira flutuando no vasto oceano de tábuas do piso. Quando a música começou, Aya se sentiu como naquele dia quando olhou para a piscina de Dotty.

Os compassos de abertura da música começaram, mas Aya permaneceu imóvel. Seu coração batia tão rápido que ela podia senti-lo pulsar na cabeça.

Como ela podia dançar se tantas de suas amigas nunca mais teriam a chance de dançar outra vez? Se isso significava lembrar-se de casa e de tudo o que ela havia perdido? Se isso significava estender a mão para o pai através das ondas implacáveis, se as memórias amontoavam-se tanto ao seu redor a ponto de fazê-la achar que não conseguiria abandoná-las sem ser arrastada e afogada por todas elas de uma só vez.

Outras notas soavam, dançando em torno de seu corpo estático; Aya ainda estava congelada, era incapaz de se mover.

Como ela podia dançar se a mãe e Moosa seriam deportados? Mandados de volta para... para onde? Para a Síria? Alepo? Para uma casa que não existia mais? Para o campo em Kilis? Este seria provavelmente o último dia dela aqui. Seu último dia em Manchester, o último dia com Dotty, a última chance de dançar... mas ela não conseguia fazer seu corpo se mover.

Então, de repente, a música parou. Madame Olenska agitou a mão no ar.

– Você precisa de um momento? – era o homem quem estava falando. O homem de bigode e gravata-borboleta. Aya de repente não conseguia se lembrar do nome dele.

Ela assentiu. Nenhuma palavra saía de sua boca. Memórias zumbiam ao seu redor, e Aya teve a mesma sensação de tontura que tivera quando ficou trancada no estúdio, quando viu a piscina, como se não conseguisse respirar; o som estrondoso de pânico em seus ouvidos. No entanto, dessa vez era ainda pior do que nas anteriores. Era pior porque não parava, não ia embora. Então ela ouviu uma conversa ao longe e teve a sensação de que uma cortina estava caindo em sua cabeça. A única coisa que lhe vinha à mente eram as vozes ao redor – ela não sabia de quem – dizendo:

– Ela desmaiou!

40

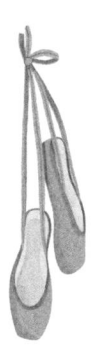

Ao acordar, ela estava deitada em um quartinho que pensou ser talvez a enfermaria da escola. Havia cartazes nas paredes que não eram sobre balé, mas sobre coisas como "Dieta saudável" e "Por que é importante beber muita água". A senhorita Helena estava sentada do outro lado da sala. Quando Aya se mexeu, ela sorriu.

– Ah, você está conosco de novo!

– O que aconteceu?

– Você desmaiou. De repente! Como uma vela soprada. Puf!

– Ah, não – Aya sentou-se rapidamente e no mesmo momento sentiu a tontura voltar. – Eu decepcionei você. Decepcionei todo mundo.

A senhorita Helena colocou a mão em seu braço.

– Não, nada disso. Essas coisas acontecem mesmo. O calor, as fortes emoções. Aqui.

Ela deu a Aya um pouco de chá num copo fino de plástico e a ajudou a se levantar. A menina se sentou com as pernas penduradas para fora da cama e olhou para o líquido quente e marrom. A sensação de tontura ia diminuindo aos poucos, mas ela se sentia exausta e com vontade de chorar.

– Se quiser, quando se sentir melhor, pode tentar de novo – disse a senhorita Helena.

– Eu quero, eu... – agora que a oportunidade lhe havia sido tirada, Aya de repente percebeu o quanto queria conseguir. Deu-se conta do quão desesperadamente queria dançar, do quanto desejava entrar naquela escola.

– Mas por enquanto você precisa tomar seu chá e comer um biscoito. Aqui. – E entregou a Aya um pratinho com alguns biscoitos de chocolate. – Vou lhe contar o final da minha história, e você vai ouvir. Depois, só depois, vai poder decidir o que quer fazer.

A senhorita Helena se sentou. Ela tinha a mesma expressão nos olhos da noite em que contou a Aya sobre sua viagem no *Kindertransport*.

Aya tomou um gole do chá, quente e adocicado. A sala ainda parecia estar inundada quando a professora de dança começou a falar.

– Eu lhe contei que vim para a Inglaterra no transporte de crianças em 1939 – disse a senhorita Helena. – O que eu não contei foi que minha irmã Elsa deveria ter vindo também.

Aya teve uma sensação estranha ao ouvi-la. Como se o tempo tivesse parado, a audição e o apelo estivessem em pausa, suspensos, esperando que a história fosse contada.

– Houve uma confusão na estação. Só havia espaço para uma de nós, e Elsa insistiu que eu continuasse sem ela. – A senhorita Helena fez uma pausa, sorrindo um pouco ao recordar. – Lembro-me de ter chorado. Eu estava com muita raiva, não queria pegar aquele trem sozinha e não entendia por que minha irmã podia ficar com meus pais enquanto eu tinha de partir. – A senhorita Helena sorriu outra vez, mas agora o sorriso era triste, pensou Aya. – Hoje entendo que ela estava sendo muito bondosa, mas não foi isso o que pensei naquela hora, posso lhe garantir!

Aya tomou outro gole de chá e mordiscou um dos biscoitos, colocando uma pequena quantidade de açúcar em seu corpo.

– Elsa me prometeu que viria no próximo trem. Prometeu me encontrar assim que chegasse à Inglaterra. – A senhorita Helena levantou-se, dirigiu-se à janela e deteve-se um instante ali, observando a extensão verde dos campos além. – Os Robertsons, na verdade, tinham concordado em ficar com as duas, sabe? Houve apenas um erro na papelada.

Aya pensou em toda a papelada com que havia se deparado a caminho da Inglaterra; formulários, requerimentos e mais formulários. Não passavam de linhas e tabelas em caneta e tinta, mas podiam definir o seu destino, podiam ser a diferença entre um lar e a falta de moradia, segurança e perigo, vida e morte.

– O que aconteceu? – Aya perguntou. – Com Elsa?

– Ela pegou o trem seguinte. – A senhorita Helena continuou olhando pela janela. – Embora eu só tenha descoberto isso muitos anos depois. Saiu de Praga no dia primeiro de setembro de 1939. Foi o último transporte a sair da cidade. Havia cento e uma crianças nele, mas foi rejeitado quando chegou à fronteira. Mandado de volta.

– Por quê? – O coração de Aya batia acelerado, sua cabeça clareando com o chá doce, o chocolate e o ar fresco que entrava pela janela aberta.

– Porque a guerra estourou naquele mesmo dia. As fronteiras foram fechadas, e não havia como escapar.

Aya pensou na menina da foto, a menina com tranças, presa em uma cidade em guerra. Ela se perguntou se algum de seus amigos teria ficado na Síria, ainda em Alepo, onde os combates continuavam violentos e implacáveis.

– Então Elsa ficou em Praga? Até o fim da guerra?

A senhorita Helena sorriu ao se virar para Aya, mas seu rosto parecia cansado e triste.

– Não, ela foi enviada para o gueto de Theresienstadt junto com meus pais. Os nazistas enviaram todos os judeus para lá. Não era um lugar agradável. Tinha pouquíssima comida, muitas doenças. Inúmeras pessoas morreram lá, e aqueles que não morreram foram enviados para os campos.

– Os campos?

– Tantos morreram na guerra... – O rosto da senhorita Helena estava agora enrugado de tristeza. – Milhões de judeus foram enviados desnecessariamente para a morte. Minha mãe morreu no gueto; minha irmã e meu pai foram mandados para as câmaras de gás em Auschwitz.

Aya ficou em silêncio. O som do cortador de grama lá fora, o zumbido de uma mosca varejeira contra a vidraça, as batidas do seu próprio coração.

– Como você descobriu?

– Quando a guerra acabou, esperei receber notícias deles. Semanas, meses, esperei. Então o senhor Robertson disse que havia uma maneira de rastrear parentes desaparecidos. Acho que ele provavelmente já sabia, mas eu ainda tinha esperança.

A senhorita Helena balançou a cabeça, e Aya olhou para ela. Muito do que ela estava passando, a senhora mais velha também já havia passado.

– Depois que descobrimos... o que tinha acontecido... eu não quis mais dançar – disse a senhorita Helena. – Sentia muita culpa. Por que me fora dada a oportunidade de viver quando meus pais, minha própria irmã, não tiveram a mesma chance? Passei um bom tempo sem dançar.

Aya a fitou.

– Isso é o que eu sinto. Como posso dançar se minha família será mandada embora? Se tantos dos meus amigos sequer sobreviveram?

– Isso é difícil – respondeu a senhorita Helena. – Muito difícil. Você recebeu a chance de ter felicidade quando outros tiveram a sua roubada; quando outros continuam a sofrer. Isso é muito difícil.

– Se mamãe e Moosa forem deportados, como posso ficar?

A senhorita Helena aproximou-se e sentou-se ao lado de Aya na cama, sua voz agora diferente. Mais segura.

– Passei muito tempo sem dançar. Mas então, um dia, percebi uma coisa. Eu ouvi uma música, e era uma peça que Elsa adorava dançar. Minha irmã Elsa dançava muito melhor do que eu, mas sua oportunidade lhe foi roubada. E foi assim que percebi que precisava aproveitar ao máximo a minha.

Aya olhou para a professora de dança, mas o que viu foi uma jovem como ela, vindo para a Inglaterra, só que sem família. Como deve ter sido solitário!

– Trabalhei mais duro do que jamais teria trabalho por mim mesma, porque trabalhei para ela. Sempre dancei para Elsa, e isso às vezes doía muito. Partia meu coração pensar nela.

– Como você sobreviveu quando seu coração estava partido desse jeito?

– Eu dancei através de tudo – a senhorita Helena afirmou. – Dancei com todos aqueles sentimentos. Quando eu conseguia transformar esse sofrimento em dança, era como se pudesse honrar minha irmã e fazer algo belo com a feiura que destruiu minha Elsa.

– Entendo – falou Aya. O copo de chá ainda estava em sua mão, e ela pousou os olhos nele, tentando assimilar tudo o que a professora lhe contara. – Mas prometi ao meu pai que cuidaria deles... se alguma coisa acontecesse. Eu prometi.

– Eu não conheci o seu pai – disse a senhorita Helena. – E não tenho a intenção de falar por ele nem de dizer a você o que fazer. Mas acredito que existe uma maneira de olhar para a frente e ao mesmo tempo honrar os sacrifícios que outros fizeram por nós. – Aya continuou observando o vapor subindo do líquido marrom. – Acredito que há uma maneira de viver sem dar as costas àqueles que se foram ou àqueles que continuam sofrendo. E há mais maneiras de cumprir uma promessa do que pode parecer à primeira vista.

Aya olhou outra vez para a senhora que também era, de alguma forma, a jovem Helena; a menininha assustada que havia chegado sozinha à Inglaterra e transformado em algo belo a vida que lhe fora salva, bem como a tragédia ao seu redor.

– Posso tentar de novo? – ela perguntou. – Eles vão deixar?

– É claro – respondeu a professora. – Agora beba seu chá e coma aquele biscoito antes que eu coma por você!

41

Pela segunda vez naquele dia, Aya deitou-se no chão em sua posição inicial. Os professores, em silêncio, permitiram que ela voltasse a espalhar os objetos pela sala, e dessa vez ela fez tudo devagar, com calma e cuidado, demorando-se em cada um deles enquanto os colocava no chão. Então, quando a música começou a tocar, ela permitiu que a melodia a elevasse. Ia doer, ela sabia disso agora, mas também sabia que sobreviveria à dor, porque não estava mais fazendo isso por si mesma.

Ela dançou por Moosa, acima de tudo, lembrando-se de seus primeiros passos vacilantes, de seus choros durante a noite, do modo como ele segurava os dedos dela com força e murmurava seu nome enquanto dormia... de como precisava dela e do quanto isso a assustava, a fazia ressentir-se às vezes.

Depois ela se virou para o pedaço de pedra, a única coisa que lhe restara de casa, e dançou por todos os seus amigos de Alepo; por Samia, Kimi e Ifima, por Nadiya e Nooda, que talvez nunca teriam a oportunidade que ela teve. Pelos meninos da rua com quem jogavam futebol, pelos professores da escola, até mesmo pelo terrível professor de matemática com aquela barriga grande. Ela dançou pela própria cidade; as paisagens, os sons e os cheiros que ela tanto amava. Sim, houve chuvas de bombas, muito medo e morte, mas também houve risadas, comunidade e uma infância cheia de memórias que todos os bombardeamentos jamais conseguiriam destruir.

A sapatilha de balé foi fácil. Ela a fez pensar em madame Belova, mas também no estúdio de dança em Manchester; a sensação de ter voltado para casa que ela sentiu ali, os novos amigos, a bela e bendita liberação musical. Ela dançou pela senhorita Helena e pela senhorita Sylvie, que a deixaram entrar e a ajudaram a voltar à vida; pelas suas novas amigas que a trataram como uma delas; por Dotty, e Blue, e Lilli-Ella, Grace e até mesmo por Ciara.

Ela dançou pela mãe. Pela mulher que ria na cozinha e dizia: "Dance para nós, *habibti*". Pela felicidade que ela havia perdido no caminho e pela cor que aos poucos retornava ao seu rosto. Pela coragem que demonstrou e pela dor que não conseguiu esconder. Pelas pessoas do centro que a ajudaram: o senhor Abdul, os Massouds, as senhoras do banco alimentar, Sally... a bondade de estranhos.

O lenço e a concha ficaram por último. Ela sentiu um arrepio percorrer seu corpo quando se virou na direção deles. Esta parte da dança era pelo pai. Mas o último pedaço da memória estava tão trancado que ela pensava ter perdido a chave. Quando, no entanto, ela deu o primeiro passo, a chave escorregou na fechadura, e as lembranças caíram nas ondas da música. Acabou não sendo tão ruim quanto ela temia.

– Papai! Papai! – ela gritou para ele através das ondas. O barco tinha virado, e ele não estava em lugar nenhum no oceano negro e agitado.

– Aya! Minha Aya!

E então lá estava ele, chamando o nome dela também, depois alcançando-a e puxando-a em direção ao casco virado do barco, dizendo-lhe para segurar a corda e não a soltar de jeito nenhum. Mamãe também. E Moosa. Ele estava lá. Ele estava bem!

De alguma maneira, eles sobreviveram uma noite inteira na água depois que o barco virou. Ela mal se lembrava daquelas longas horas. Lembrava-se apenas do frio e da densa escuridão do oceano e do céu. Às vezes ela sentia que havia desaparecido, que havia sido obliterada pela noite, se perdido nela. No entanto, o que a manteve acordada, o que a manteve agarrada ao casco virado do barco, foi o pai. Ele esteve lá a noite inteira, abraçando-a, conversando com ela, dizendo a todos que tivessem paciência, esperassem e tudo ficaria bem. Ela se lembrou dele contando-lhe a história da princesa dançarina que nunca parava de dançar. Dançava a noite inteira, o dia todo, passando por monstros flamejantes, dragões e campos de batalha. Dançava sobre brasas, gelo e mares tempestuosos... dançava sem parar. E a voz suave do pai repetia:

– Não desista, não solte. Continue segurando a corda, segurando seus sonhos, habibti! Não solte por nada neste mundo.

Ela se lembrou do amanhecer nascendo sobre a água. Aya não conseguia mais sentir o próprio corpo, mas conseguia sentir os braços do pai ao seu redor quando avistaram o pequeno barco de pesca deslizando pelas ondas. Aya estava com muito frio, quase congelando, sem conseguir entender o que estava acontecendo.

Não havia espaço suficiente para todos. Somente mulheres e crianças. Então o pai a soltou, e ela sentiu braços fortes em volta dela, puxando-a para fora da água, para longe dele.

Ela chamou por ele. Desesperada.

– Papai! Não!

– Vá para a Inglaterra – disse ele. – Leve Moosa e a mamãe. Eu vou atrás de vocês. Prometo!

Pelo menos ela pensava tê-lo ouvido dizer isso. A memória estava embaçada, com uma marca-d'água. Mas, enquanto Aya dançava naquele dia, no grande e velho estúdio, ela viu o rosto do pai com muita clareza, não em fragmentos. Ele lhe dizia para ir; dizia-lhe que a seguiria, dizia-lhe para viver, dizia-lhe para nunca desistir dos seus sonhos. E, no oceano que era o piso de madeira do estúdio, Aya estendeu a mão para ele novamente, e apenas por um breve momento foi como se o pai estivesse ali com ela, segurando sua mão, os olhos amendoados fixos nos dela, dizendo: "Dance, *habibti*! Dance. E nunca pare de dançar".

Então ela se afastou, virou-se para longe dele com um último olhar angustiado, forçou seu corpo a fazer uma pirueta e girou, girou, girou em direção ao seu futuro.

42

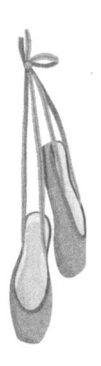

Ela e Dotty ficaram em silêncio no carro durante a maior parte da viagem de volta. Aya olhava pela janela enquanto o carro passava por sebes e campos verdes, radiantes com a colheita dourada, ondulando em direção ao azul ininterrupto do céu inglês. Dotty abaixou o vidro e colocou a cabeça para fora, e Aya sentiu o rico cheiro de terra, o aroma da seiva das árvores. Era tão diferente do cheiro de Alepo no verão, mas hoje, por algum motivo, cheirava a lar. A ideia de ir embora a dilacerava como se garras abrissem sua barriga, e ela absorveu a sensação. Permitiu-se sentir a alegria e a dor ao mesmo tempo.

Aya não contou a Dotty sobre a conversa ao telefone que ouvira sem querer. Ela queria aproveitar essa última vez na companhia da amiga. Não havia sinal da mãe quando elas chegaram à casa, então as meninas foram para o jardim e sentaram-se sob a faia gigante, olhando para a copa de folhas dançando, em padrões que se pareciam com água.

– Correu tudo bem durante a minha apresentação, eu acho – disse Dotty. – Na verdade, eu meio que gostei. Acho que porque não era exatamente balé. Tipo assim, era, mas eu senti que podia me divertir enquanto dançava, então me esqueci de todo o estresse. Isso provavelmente significa que minha técnica foi para o beleléu, mas pelo menos não comecei a chorar no meio da dança, como pensei que ia acontecer.

– Não consigo imaginar você chorando – disse Aya, olhando para Dotty, que estava colhendo margaridas do gramado e arrancando-lhes as pétalas.

– Bem me quer... mal me quer... – disse Dotty, arrancando as pétalas brancas, uma de cada vez, e jogando-as de lado. Dotty olhou para Aya, que sustentou seu olhar. – O que você vai fazer se...

Dotty não terminou a frase. Ela não precisava. As duas sabiam o que ela queria dizer.

Aya não teve a chance de responder, pois no mesmo momento ouviu o som de um carro se aproximando e vozes no caminho. Lá estava a mãe, atravessando o gramado com Moosa nos braços e um sorriso no rosto. Ela falava rápido em árabe, tão rápido que Aya não conseguia entender o que ela estava dizendo. Não fazia sentido.

– Podemos mesmo ficar? – Aya repetiu, mal conseguindo assimilar a importante notícia. – Mas eu pensei que... a senhorita Helena tinha dito mais cedo...

– Houve uma certa confusão no início – explicou o senhor Buchanan. – Parece que o caso de vocês ia ser rejeitado com base no fato de o asilo já ter sido solicitado na Grécia.

Aya lembrou-se das palavras da senhorita Helena.

– *Pelo menos assim ela terá a chance de fazer a audição antes de serem deportados.*

– Mas eu pedi ajuda a um amigo do Ministério do Interior – o senhor Buchanan continuou –, e ele foi ao cerne da questão. Disse que no final era um caso muito simples. Frustrante, na verdade. Suspeito que existam centenas de famílias na mesma situação: legalmente autorizadas a permanecer, mas sem condições de navegar no complexo sistema de imigração. Isso me deixa com tanta raiva!

– Então podemos ficar? Podemos mesmo ficar?

– Sim, podemos ficar – disse a mãe, e disse em inglês. As três palavras soando densas e pouco familiares em sua língua.

Aya riu.

– Desde quando você está aprendendo inglês, mamãe?

– Bronte... ela ensina – a mãe respondeu, em inglês novamente, tropeçando na pronúncia das sílabas e abrindo um sorriso ao olhar para a mãe de Dotty, que estava mais elegante do que o normal, usando um vestido azul-marinho e um colar que parecia ser feito de pérolas verdadeiras.

– Mãe, você é professora agora! – riu Dotty.

– Não sei por que tamanha surpresa, querida!

Dotty pulou e dançou ao redor, animadíssima.

– Então você vai ficar aqui? Para sempre?

– Espero que sim – disse a senhorita Helena. – Esta casa é grande demais para duas velhinhas. Ficamos até perdidas aqui dentro!

– Ela está certa – falou a senhorita Sylvie. – Temos aqui um jardim que precisa de crianças para subir nas árvores e uma casa cheia de cantos para brincar de esconde-esconde.

Aya traduziu tudo isso para sua mãe com lágrimas nos olhos.

– Vocês têm certeza? – ela perguntou. – Parece... demais...

A senhorita Helena estendeu a mão e tocou a face corada da menina. Estava sendo um dia confuso e complicado.

– Minha querida, esta casa se tornou um lar para mim quando perdi o meu – disse ela. – Deixe que ela se torne o mesmo para você agora. Vamos entender isso como uma maneira de honrar a tradição. Afinal, deveriam ter crescido duas meninas aqui; duas jovens bailarinas. Mas apenas uma conseguiu.

Aya entendeu e abriu um sorriso. Talvez, ainda que a história se repetisse – guerras, famílias fugindo de suas casas, perseguições, refugiados –, outras histórias também podiam se repetir: histórias de bondade, sacrifício, generosidade. Como a senhorita Helena dizia? A bondade de estranhos. Década após década. Geração após geração. Fazendo do mundo um lugar melhor.

43

Elas foram informadas de que demoraria pelo menos uma semana até ser liberada alguma notícia sobre a audição, mas felizmente os dias seguintes foram repletos de preparativos para o show. Todos se dedicaram a fazer o evento acontecer; fizeram bolos, organizaram sorteios, arrecadaram doações para o banco alimentar, confeccionaram fantasias, ensaiaram, prepararam o palco.

De qualquer maneira, Aya não estava com pressa para receber a notícia.

– Eu sequer me esforcei na aula da audição – disse Aya, enquanto ela e Dotty pintavam placas para pendurar do lado de fora do salão no dia do show. – E eu não consigo me lembrar direito do que fiz na minha dança.

– Eu consigo – falou Dotty. – E as lembranças não são todas boas, isso eu te garanto! A madame Olenska disse que minha dança "não era nada convencional", e chegou um momento em que o homem, Bougeard, soltou uma baita gargalhada sem nem disfarçar. Bom sinal não deve ser!

– Sempre há o ano que vem! – declarou Aya. O ano que vem, ou o ano seguinte, ou o seguinte. Agora que não havia mais a ameaça de deportação, ela podia deixar seus sonhos se espalharem por um futuro muito distante. Ainda assim... Ah, se ela pudesse ir para lá agora!

– Para mim, não! – exclamou Dotty, que deu um jeito de sujar o cabelo e as roupas de tinta. – Eu disse à minha mãe ontem à noite que, se eu não entrar agora, não quero ser bailarina.

– É mesmo? E o que ela disse?

– Nada! Ela começou a chorar e não falou mais comigo desde então – confessou Dotty, adotando uma expressão trágica que Aya suspeitava estar mais próxima da verdade do que ela pretendia. – Meu pai serviu de intermediário na nossa comunicação hoje no café da manhã. Minha casa virou basicamente uma zona de guerra... Ai! – Sua expressão mudou de repente. – Me desculpa. Não foi minha intenção...

Aya olhou para a amiga. Dotty não havia passado por guerras e bombardeios, não tinha vivido em uma zona de guerra. Mas ela também estava com medo de perder a mãe. E Aya sabia como era isso.

– Talvez acabe dando tudo certo no final – afirmou Aya.

– Talvez – Dotty concordou. – Mas eu nem sei se quero entrar ou não! Mamãe provavelmente vai me deserdar se eu não entrar, mas, se eu conseguir... vou ser obrigada a estudar lá!

As duas garotas se entreolharam e suspiraram ao mesmo tempo.

– Bem, descobriremos em breve – Aya declarou.

– E até lá temos um show para fazer acontecer! – Dotty afirmou, adotando uma pose de mestre de cerimônias e levantando uma cartola imaginária. – Então vamos botar para quebrar!

A organização do show estava, de fato, indo muito bem. O senhor Abdul desenhou cartazes, e as meninas os colaram em lojas e empresas locais, muitas das quais também doaram prêmios para serem sorteados. Apesar de estar dando à filha um tratamento de silêncio, Bronte Buchanan havia concordado em ser a atração principal do evento, o que significava que os jornais e as estações de rádio locais não paravam de falar no assunto e divulgar o espetáculo. Uma das revistas quis até publicar uma matéria sobre a própria Aya, a bailarina refugiada que inspirou o show.

– Isso pode ajudar na tentativa de rastrear seu pai – explicou o senhor Buchanan quando Aya pareceu nervosa com a ideia. – Toda publicidade é boa!

– Há alguma novidade? – Aya perguntou, com uma mancha de tinta roxa na face depois de ter pintado os pôsteres, e o senhor Buchanan pensou que ela agora parecia ter muito mais cor do que a menininha pálida que ficou aterrorizada à beira da piscina, embora ainda carregasse aquele semblante de preocupação; ele se perguntou se algum dia aquele semblante mudaria.

– Estamos fazendo tudo o que está ao nosso alcance – ele afirmou.

O amigo dele, do Ministério do Interior, havia conseguido localizar o filho dos Massouds, Jimi, que estava detido na prisão em Damasco como prisioneiro político. A senhora Massoud chorou quando lhe contaram.

– Eu sempre soube que ele estava vivo, mas ainda não consigo acreditar nessa notícia – disse ela.

– Não há perspectiva de sua libertação tão cedo – explicou o senhor Buchanan. – As coisas são muito complicadas nesse meio.

– Mas ele está vivo, e enquanto há vida há esperança – respondeu a senhora Massoud. E o marido dela, que raramente dizia alguma coisa, deixava sempre a esposa falar por ele, enterrou a cabeça entre as mãos e começou a chorar.

"As lágrimas de um pai também se derramam para sempre", Aya pensou.

Campo de Refugiados de Suda, Ilha de Quios, Grécia

Eles ficaram no acampamento de Quios por mais de três meses. Esperando. Esperando. Esperando pelo pai. Esperando ser realocados para algum outro país. Esperando para seguir em frente. A espera corroía a alma depois de um tempo, pensou Aya. Fazia você se sentir como se não estivesse realmente vivo, como se nem respirasse direito, fosse invisível.

E não havia lugar para dançar lá. Mesmo que houvesse, fazia silêncio na alma de Aya, não havia música. Ela se perguntava, sentada na praia todos os dias à espera do pai, se algum dia iria querer dançar novamente.

Enfim, a família recebeu documentos do ACNUR[25] permitindo-lhes voar para a Inglaterra. Foram realizados exames médicos e uma sessão de orientação, e, em seguida, eles foram transferidos para um quarto de hotel durante

---

[25] Alto Comissariado das Nações Unidas para Refugiados

a noite anterior ao voo. Na manhã seguinte, houve mais testes e entrevistas para verificar se estavam aptos para viajar. Depois foram acompanhados até o aeroporto e colocados num voo especial com um grupo de outras mulheres e crianças que pareciam tão desorientados quanto eles.

Ninguém disse uma única palavra durante todo o caminho até lá.

Moosa chorou nos braços de Aya quando o avião decolou, e a mãe continuou sentada ali, em silêncio, ao lado deles. Aya olhou pela janela, para as nuvens e o mar abaixo. Só conseguia pensar no pai. E se hoje fosse o dia de sua chegada? E se ele chegasse e ela não estivesse lá? Não estivesse esperando por ele? E se o pai nunca os encontrasse? E se ela nunca mais o visse?

44

Aya ficou surpresa com seu próprio nervosismo antes do show. Eles haviam passado a maior parte do dia decorando o salão, transformando-o de um centro comunitário esfarrapado em um espaço adequado para um recital de balé: arrumaram as fileiras de cadeiras, organizaram as mesas para a barraca de bolos, as rifas e a tômbola. O senhor Massoud havia consertado as cortinas para que elas abrissem e fechassem ao puxar as cordas, e a senhora Massoud havia feito bandeirolas com os restos de material encontrados nos bastidores. Lilli-Ella e Grace assaram montanhas de panquecas e brownies; Blue havia preparado enormes jarras de limonada caseira, e cada uma das meninas doou presentes para os sorteios. Um dos pais doou um ursinho de pelúcia gigante, duas vezes maior que Aya, o qual seria o primeiro prêmio.

As meninas estavam usando o estúdio de dança no andar de cima como camarim, e o caos era absoluto. Pequenas dançarinas fantasiadas de gatos perseguindo o rabo umas das outras enquanto Dotty, Aya e as mais velhas tentavam fazê-las sentar para pintar bigodes em seu rosto com maquiagem.

As meninas mais velhas começariam com uma peça de *O Quebra-Nozes*, que madame Helena lhes ensinara. Um *medley* de danças do balé completo. Mas não havia sinal de Ciara, que concordara – relutante – em fazer o papel da Fada de Açúcar.

– Você acha que ela simplesmente desistiu de tudo? – perguntou Dotty.

– Ela ficava dizendo que tudo isso era uma perda de tempo – disse Lilli-Ella.

– Ela diz coisas assim quando está nervosa – observou Grace.

– Nervosa? – Dotty estranhou.

– Ela estava bem preocupada na audição – Aya disse. Ciara não havia dito nada a respeito do que aconteceu em sua audição. Na verdade, ela mal tinha falado com Aya.

– Ela não tem nada com que se preocupar – disse Dotty, fazendo uma careta. – É claro que ela vai conseguir entrar. Ela sabe disso. Todas nós sabemos disso.

Aya encolheu os ombros, lembrando-se de como Ciara parecia apavorada na aula e do que sua mãe dissera quando chegaram para o teste.

A porta se abriu e Ciara entrou, o rosto pálido e os olhos vermelhos, como se estivesse chorando instantes antes.

– Você está bem? – Blue perguntou.

– Sim – Ciara fungou. – Eu só preciso continuar com esse show, depois posso ir para casa.

– Você não parece bem – comentou Lilli-Ella, um pouco preocupada.

– É só alergia a pólen, ok? – Ciara retrucou.

Aya a encarou. O rosto de Ciara estava vermelho e seus olhos pareciam vazios, perdidos. Ela queria dizer alguma coisa, mas Ciara simplesmente virou as costas.

O centro comunitário estava lotado, e, quando Dotty espiou escada abaixo, disse que quase todos os assentos estavam ocupados.

– Papai diz que, quando todos os assentos estiverem ocupados, os que forem chegando vão ter de assistir em pé! Vamos, meninas. Precisamos estar prontas para oferecer ao nosso público uma performance inesquecível!

45

A senhorita Helena abriu o show apresentando Sally, do *Manchester Welcomes Refugees*, que falou brevemente sobre o trabalho da instituição de caridade e como as pessoas da comunidade podiam ajudar. Em seguida, as meninas apresentaram a peça *O Quebra-Nozes*. Foi engraçado subir ao palco e ver o público que se reunia abaixo. Tantos rostos desconhecidos, mas alguns familiares também: as senhoras do banco alimentar, o senhor e a senhora Massoud, e o senhor Abdul, que estava sentado ao lado da senhorita Helena, parecendo muito satisfeito consigo mesmo. Até o assistente social, que sempre parecia exausto, exibia um sorriso no rosto.

Quando a música começou, Aya se esqueceu de tudo e apenas se divertiu. Ela desempenhou um papel pequeno na peça, Ciara assumindo a liderança, mas foi muito bom dançar outra vez, com as novas amigas ao seu redor, em um lugar que ela estava começando a enxergar como lar.

Elas receberam muitos aplausos no final, e todas saíram do palco radiantes, sorrindo e dando risada enquanto tiravam um conjunto de fantasias e vestiam outro. Uma das turmas mais jovens entraria no palco agora, apresentando uma coreografia de sapateado com Blue, Lilli-Ella... e o senhor Abdul. Todos usavam cartolas, que nos ensaios caíam o tempo todo, mas de alguma forma, talvez por milagre, permaneceram em seu devido lugar durante o show.

Então as garotinhas começaram a apresentar a dança do gato que Dotty e Aya lhes haviam ensinado. Margot perdeu o rabo, e a pequena Ainka esqueceu completamente os movimentos, ficou ali sorrindo e se mexendo, mas o público adorou.

Em seguida, todas as gatinhas permaneceram no palco para acompanhar Dotty em seu *medley* de teatro musical. Ela havia trabalhado na performance sozinha e não a mostrara a ninguém, portanto seria a primeira vez que Aya veria a amiga se apresentar desse jeito. Primeiro ela foi Sillabub, a jovem gatinha, cantando suas esperanças e sonhos; depois se transformou em Gus, o velho Gato do Teatro, com as patas tremendo por causa da velhice; depois Macavity, o Gato Misterioso, o mestre criminoso e temerário, deliciando o público com suas façanhas. A cada transformação ela dançava um estilo diferente, os passos refletindo tão perfeitamente a personalidade de cada gato que Aya ficou impressionada.

Então a música mudou, e Dotty mudou de forma mais uma vez. Agora ela era Grizabella, a velha e maltrapilha gata cinzenta, solitária e atormentada por lembranças, cantando para a lua. Dava para ouvir um alfinete cair no centro comunitário enquanto Dotty cantava, as notas melancólicas flutuando, carregadas de perda e anseio.

No fim da apresentação, houve um silêncio absoluto pelo que pareceu uma eternidade, e então o público se levantou, batendo os pés e aplaudindo. Aya percebeu que havia lágrimas escorrendo pelo seu rosto e, ao olhar para a amiga, viu que Dotty também se emocionara.

Dotty olhava para o público em busca de um vislumbre de Bronte Buchanan, mas não a encontrou em lugar nenhum.

No momento do intervalo, todas as dançarinas estavam alegres e sorridentes, espiando o público que comprava chás, cafés, bolos e rifas, conversando animadamente.

– Eles estão todos adorando o show – disse a senhora Massoud, que foi aos bastidores para se juntar a elas antes de se preparar para a sua apresentação. – E como não estariam? Uma maravilha! Que coisa linda!

A senhorita Helena e a senhorita Sylvie apareceram, também com um enorme sorriso no rosto. Elas chamaram Aya, Dotty e Ciara para uma sala privada e fecharam a porta.

– Meninas, tenho uma novidade para vocês – falou a senhorita Helena. – Querem que eu conte agora ou depois do show?

– Depende da notícia – respondeu Dotty, olhando para o envelope nas mãos da senhorita Helena e fazendo uma careta.

A senhorita Helena examinou-a com um olhar sério.

– Dotty, a escola aceitou você, mas... – e a pausa após o "mas" pareceu se prolongar no ar por uma eternidade – querem que você participe do programa de teatro musical deles.

Dotty ficou espantada.

– Eu... eu nem sabia que eles tinham um!

– É uma iniciativa que começa no próximo ano – explicou a senhorita Sylvie. – É para dançarinos que, de acordo com o julgamento da escola, são mais adequados para o West End do que para a barra. E, depois do que acabei de ver no palco, acho que eles estão certos!

– Isso é... meu Deus, isso é incrível! – Dotty pareceu exultante por um segundo antes de se lembrar. – Mas minha mãe...

– Sua mãe está empolgada por você, querida! – soou uma voz vinda da porta. Dotty se virou. A mãe usava um tutu e tinha os cabelos penteados para trás, emoldurados por uma pequena tiara de penas. Estava belíssima... e tinha lágrimas nos olhos.

– Você não está... decepcionada? – Dotty olhou para ela cheia de ansiedade.

– Decepcionada? Não, eu não poderia estar mais orgulhosa, mais feliz – riu Bronte Buchanan. – Na verdade, prefiro pensar que eles conhecem minha filha melhor do que eu mesma.

– É sério?

– Assistindo você no palco agora há pouco... querida, você contou uma história e fez o coração do público disparar e se despedaçar com o seu. Quanto talento artístico! – Bronte Buchanan olhou para a filha com intenso orgulho nos olhos. – Mas eu sinto muito, querida, por ter passado tanto tempo fazendo você seguir meu sonho em vez de deixar que perseguisse o seu.

Dotty correu para os braços da mãe, e Aya ficou observando as duas se abraçarem com força, sentindo tamanha felicidade que parecia estar prestes a explodir de emoção pela amiga.

Mas então a senhorita Helena se virou para ela e Ciara, e seu estômago se contraiu. Tantas coisas boas já haviam lhe acontecido! Aya não ousava esperar que esse sonho também se tornasse realidade.

– Meninas – disse ela, com um amplo sorriso em seu rosto enrugado e cheio de luz. – Parabéns, minhas bailarinas! Vocês duas conquistaram uma vaga no programa de balé.

Foi difícil assimilar aquela sequência de palavras a princípio.

Será que a senhorita Helena realmente havia dito que ela conseguiu? Que estava indo para a Royal Northern... E com Dotty também?

– E, Aya, você recebeu uma bolsa integral para alimentação e estudo – acrescentou a senhorita Sylvie.

O coração de Aya disparou! Ela mal podia esperar para descer correndo e contar a novidade para a mãe. Mas, por alguma razão, bem naquele primeiro momento, era o rosto do pai que ela enxergava com os olhos da mente. O pai dizendo a ela para seguir seus sonhos e nunca desistir.

– Estou absolutamente radiante por vocês três – disse Bronte Buchanan. – E não consigo pensar em ninguém que mereça mais essa bolsa!

CENTRO DE IMIGRAÇÃO YARL'S WOOD, BEDFORD

Depois de chegarem à Inglaterra, eles foram levados para o centro de detenção em Bedford. A viagem foi por meio de uma van policial, atravessando rodovias cinzentas, passagens subterrâneas de concreto, quadras e mais quadras de prédios, várias fileiras de casas.

No centro de detenção, foi-lhes dado um quarto familiar com camas adequadas. Um assistente social foi encarregado de ajudá-los com o pedido de asilo, acesso a cuidados médicos e apoio jurídico. Mas houve problemas com a documentação. E todos falavam inglês tão rápido que Aya não conseguia acompanhar, e a mãe não parava de chorar. Moosa também estava sempre aos prantos, agarrado a Aya o tempo inteiro, gritando se ela o tirava do colo.

Eles não deixaram Aya acompanhar a mãe quando a entrevistaram, apesar de Aya ter insistido e salientado que ela não falava inglês. Todos eram muito gentis, mas não pareciam entendê-la. Ou talvez sequer tivessem tentado ouvi-la. Ela era apenas uma criança, que importância tinha o que dizia? E havia tantas outras pessoas no centro... todas com as mesmas histórias, todas à procura de refúgio. Todas querendo ser ouvidas.

Todas em busca de um lar.

46

Havia mais uma coisa a ser feita. Antes de o espetáculo recomeçar após o intervalo, Aya concordou em contar sua história. A senhorita Helena sugeriu e Sally ajudou-a a escrever o texto. O senhor Massoud fez uma apresentação de slides de fotos para representar alguns dos lugares por onde ela havia passado em sua jornada.

Subir no palco em sua própria pele era muito mais difícil do que representar um floco de neve ou uma fada de açúcar. Ela podia sentir todo o salão observando-a, pessoas da vizinhança que não a conheciam e a enxergavam agora do mesmo jeito que as meninas costumavam enxergá-la no início. Como uma refugiada. Uma requerente de asilo. Uma migrante. Não uma garotinha, uma bailarina. Não como um deles.

Mas, quando ela começou a falar, a coisa toda foi mais fácil do que ela imaginava. Talvez por já ter contado sua história antes por meio da dança, o que facilitava um pouco a lembrança dos fatos. Talvez porque agora sua família morava na Inglaterra e podia ficar. E porque a mãe havia aceitado conversar com um conselheiro que a ajudasse a se sentir menos ansiosa o tempo todo... e Moosa ia começar a frequentar a creche... e porque Aya havia conseguido uma vaga na Royal Northern... Porque agora eles tinham um futuro. Tudo isso tornava mais fácil falar sobre o passado.

Quando ela chegou na parte em que falava sobre o pai – e o que acontecera no oceano –, ela fez uma pausa, e sua voz falhou. Ela não tinha certeza se seria capaz de continuar. Mas então Dotty apareceu ao seu lado e segurou sua mão. Aya virou-se para a amiga e sorriu. Depois respirou fundo e continuou.

– Ainda não sabemos o que aconteceu com ele – disse ela. – O pai de Dotty, o senhor Buchanan, está nos auxiliando nas tentativas de localizá-lo. Existem organizações que ajudam a reunir famílias e acham que é possível. Se ele estiver vivo, é possível que um dia possamos encontrá-lo. Mas não sabemos.

Depois de contar sua história, ela saiu do palco. E, para sua surpresa, foi Ciara a primeira a abraçá-la.

– Sinto muito – ela desculpou-se. – Eu não tinha me dado conta...

– Está tudo bem – respondeu Aya. – Você também tem suas coisas.

Ciara encolheu os ombros e seus olhos se encheram de lágrimas.

– Meus pais estão se separando. Meu pai está indo morar com a nova namorada. Eu sei que não é igual ao que aconteceu com seu pai, mas...

– Você sente a falta dele?

Ciara concordou.

– Eu... entendo isso – disse Aya.

Elas não disseram nada por um momento, mas as duas jovens se entreolharam com uma nova compreensão uma da outra.

– Talvez... digo, já que vamos para a escola juntas... – Ciara hesitou. – Talvez possamos ser amigas?

Aya sorriu.

– Eu adoraria – respondeu. – Mesmo.

47

Bronte Buchanan ia dançar a última peça da noite, e Aya estava preparada para se apresentar antes dela. As meninas já haviam dançado o *medley* de músicas pop, e o senhor e a senhora Massoud haviam dançado uma linda valsa. Depois Dotty e Ciara tinham feito seus solos da audição, e agora era a vez de Aya. Ela se sentiu estranhamente calma ao subir no palco com cada um de seus objetos. Foi muito diferente de como se sentira na audição. Dessa vez, ao dançar a peça, o fez como uma celebração do passado; não lamentando por tudo o que havia acontecido, mas trazendo à vida todas as coisas que a tinham feito chegar onde estava agora.

Desde Alepo... o contêiner... o acampamento de Kilis... a praia em Esmirna... a viagem através do Mediterrâneo... as tendas em Quios... o centro de detenção em Bedford... até a chegada a Manchester, onde pela primeira vez ela ouviu o som das notas de piano ecoando através da janela do andar de cima...

Ela podia sentir as lágrimas escorrendo pelo seu rosto enquanto dançava, mas agora já não doía – pelo menos não tanto. E, quando ela olhou para o outro lado da sala, entre o mar de rostos na plateia, pensou ter visto a porta do centro comunitário aberta... pensou ter visto a figura de um homem com uma capa de chuva azul entrando, um homem com a barba por fazer, uma pequena cicatriz no queixo e os olhos amendoados do pai.

    Aya sabia que ele não estava realmente ali; não era o pai. Sabia que ele talvez nunca voltasse, talvez nunca passasse pela porta, nunca entrasse de novo em sua vida. Mas, ainda assim, ela se permitiu vê-lo, se permitiu dançar para ele, seu pai, pela última vez.

    – Conseguimos, papai – ela lhe disse com os olhos e as pontas dos dedos. – Conseguimos e estamos seguros – disse com a curva graciosa de seus braços. – Nunca deixaremos de esperar por você; nunca desistiremos de te procurar. Mesmo que você nunca chegue, jamais vamos abandoná-lo; nem as nossas memórias e o nosso passado – sua dança parecia dizer, e ela podia vê-lo sorrir de volta, os olhos amendoados brilhando com as lágrimas. Aya subiu na ponta dos pés, a perna estendida para trás em um *arabesque*, todo o corpo curvado em uma linha perfeita que se desenhava de uma ponta do dedo à outra: unindo o passado ao futuro. – Eu vou seguir meus sonhos, papai. Farei algo belo com toda essa feiura – diziam cada um de seus movimentos. – Porque nós conseguimos, papai. Encontramos um lar.

Posfácio

Quando eu tinha onze anos de idade, adorava *Ballet Shoes*, da Noel Streatfeild, *The Swish of the Curtain*, da Pamela Brown, e fiquei tão obcecada pelos livros de balé do Sadler's Wells, escritos por Lorna Hill – li pelo menos dez vezes cada um deles – que minha mãe se cansou e disse: já chega. Ela arrancou das minhas mãos o exemplar esfarrapado de *Veronica at the Wells* e me deu uma pilha de novos livros para ler, entre os quais havia *The Silver Sword*, *When Hitler Stole Pink Rabbit* e *The Diary of Anne Frank*. Foi então que descobri a existência de um novo tipo de livro para amar: histórias capazes de abrir nossos olhos, de mudar a maneira como enxergamos o mundo, que nos levam a fazer perguntas, a expandir nossos horizontes, que enriquecem nossa alma, acendem lâmpadas na nossa cabeça!

Como professora de inglês nos últimos vinte e cinco anos, tive o grande privilégio de apresentar às crianças esses "livros que iluminam"; histórias que expandem a nossa capacidade de empatia e desafiam nossos preconceitos sobre o mundo, que nos ajudam a olhar e a lidar com as questões mais difíceis do crescimento no mundo de hoje.

Então, como autora, esses são os livros que tentei escrever.

Enquanto o mundo observava a crise migratória começando a se desenrolar, eu sabia que era um assunto sobre o qual queria – e precisava

– escrever. Ao ouvir Judith Kerr, autora de *When Hitler Stole Pink Rabbit*, falar dos paralelos entre a sua história e a situação atual na Síria, tive o meu próprio momento de iluminação. Eu escreveria sobre uma criança que fora arrancada de sua casa pela guerra na Síria, que fugiu pela Europa e buscou asilo no Reino Unido. Uma versão moderna de *When Hitler Stole Pink Rabbit* e *The Silver Sword*; uma história que fizesse os jovens leitores olhar além dos rótulos de "refugiado" e "requerente de asilo" e enxergar a criança por trás deles.

Quando discuti a ideia com a minha editora na *Nosy Crow*, nós duas estávamos cientes das dificuldades de escrever sobre eventos que ainda estão acontecendo; questões complexas e preocupantes que pediríamos aos jovens leitores para encararem sem a distância da história.

Pendurei uma citação de um dos meus escritores favoritos, Alan Gibbons, acima da minha mesa: "Nunca entro em um quarto escuro se não puder iluminar a saída". Era isso o que eu queria fazer. Abordar questões difíceis sem oferecer soluções simplistas nem encobrir a verdade, mas oferecendo o consolo da esperança.

Uma instituição de caridade local, a *Bristol Refugee Rights*, recebe visitas no centro comunitário onde também são ministradas aulas de dança. Eu me peguei imaginando uma menina síria, recém-chegada ao Reino Unido, desorientada, sem saber se teria permissão para ficar, assistindo a uma aula de balé pela fresta de uma porta entreaberta, vendo meninas iguais às amigas que ela tinha em sua terra natal, sentindo saudade da sua própria escola de dança. A história começou aí.

Entrei em contato com o *Bath Welcomes Refugees* e com outros projetos de reassentamento de refugiados que me ajudaram com a pesquisa, conversei com membros da comunidade síria que tinham vindo para a Grã-Bretanha e li muitos, muitos relatos e transcrições de crianças refugiadas, mas tive muita dificuldade para encontrar a voz. A voz de Aya me fugia; às vezes estava lá, às vezes escapava de mim. Unir a narrativa de seu passado com seu presente foi particularmente desafiador. Então eu percebi que a dificuldade era óbvia. Lidar com o passado e reconciliá-lo com o presente é extremamente difícil para muitas dessas crianças. Tomei a decisão de contar a história da vida de Aya em Alepo – suas experiências antes e durante a guerra, sua fuga pela Turquia, em um contêiner, os campos de refugiados, a travessia do Mediterrâneo durante uma tempestade – tudo em flashbacks intercalados com a história de suas experiências como uma jovem requerente de asilo no Reino Unido. No início, as duas histórias são distintas, mas aos poucos a dança se torna um meio pelo qual Aya trabalha as memórias reprimidas, tão complexas, e as duas narrativas começam a se unir. À medida que ela se sente mais preparada para falar sobre o passado e lamentar suas perdas, aceitando o que pode ter acontecido ao pai, ela também se torna capaz de libertar-se da culpa e olhar para o futuro.

Contar a história de Aya me deu um forte senso de responsabilidade. Por vezes eu questionei o meu direito de contar essa história, e espero que nos próximos anos vejamos histórias de crianças migrantes contadas por elas mesmas, de acordo com suas experiências. Mas cheguei à conclusão de que essa narrativa não podia esperar. Precisava ser contada agora, a essa geração que está crescendo hoje.

Quando ligamos a televisão e vemos a história de um refugiado sírio que escapou dos horrores da guerra, mas acabou sendo atacado em uma escola no Reino Unido, entendemos por que é tão importante que essa geração de jovens leitores questione as definições tóxicas associadas a palavras como "refugiado" e "requerente de asilo"; entendemos por que é tão importante que eles enxerguem a criança, não o rótulo.

Mas também espero que essa história seja para os jovens leitores o que *Ballet Shoes*, *The Swish of the Curtain* e a série do Sadler's Wells foram para mim. Uma história que os incentive a seguirem seus sonhos, como as que eu adorava ler e reler por tantas e tantas vezes; que ainda leio para os meus filhos e até hoje considero favoritas. Minha mãe não as arranca de mim agora! Ela sabe que, no momento em que colocou aqueles "livros que iluminam" nas minhas mãos, ela me ajudou a crescer como leitora; mas foi o amor pelos dois tipos de livro que me fez continuar me dedicando à leitura pelo resto da vida. Se *Não há sapatilhas de balé na Síria* puder fazer isso por qualquer jovem leitor, ou se uma criança como Aya puder lê-lo e se ver representada nestas páginas – uma história que a retrata como heroína, não apenas como uma vítima –, então terei alcançado meu objetivo.

Agradecimentos

Agradeço imensamente a Annette Hind, Lucy Hind e Karen Paisey, da *Dorothy Colborne School of Dance*; a Sally Harris, da *Bath Welcomes Refugees*, e a Faisal Aljawabra e família, que generosamente me ajudaram com a pesquisa. Agradeço às minhas jovens editoras favoritas, Evie Giachritsis, Elsie Bruton e Lucy Smith. A Jo Nadin, por escrever com sabedoria e de maneira encantadora. À minha professora de balé, Patricia Parkinson, por despertar em mim o amor pela dança; à senhorita Eve e a todas as dançarinas da época da *Sunshine Ballet School*, com amor e boas lembranças. Obrigada a todos os meus colegas e alunos da *King Edward's School*, em Bath, por me inspirarem infinitamente, em especial ao diretor, Martin Boden, por apoiar este livro e essa causa. Obrigada à maravilhosa Caroline Montgomery, do *Rupert Crew*, que não é apenas a melhor agente do mundo, mas também uma amiga querida; a Clare Hall Craggs por divulgar este livro para o mundo, e a toda a equipe da *Nosy Crow*, especialmente a Tom Bonnick, por sua sabedoria e inspiração, sem as quais eu nunca teria escrito esta história. Acima de tudo, agradeço a Jonny, Joe e Elsie, minhas pessoas favoritas no mundo. Com amor sempre!